Keff Vidala

Fruchtzucker

Roman

Über den Autor

Kerfala „Keff" Vidala wurde in Kinshasa (Demokratische Republik Kongo) geboren. Mit neun Jahren floh er nach Deutschland. Nachdem er die Grundschule trotz einiger Schwierigkeiten bewältigte, besuchte er die Theodor- Heuss-Hauptschule in Herten und erwarb erfolgreich seinen Abschluss.
Sein erstes Buch mit dem Titel „Bis die Liebe uns findet" erschien im September 2016. Der junge Autor finanzierte und verlegte sein Buch aus eigener Kraft, nachdem ihm 36 Verlage eine Absage erteilten. Dennoch wurden seine Bücher so erfolgreich, dass sein Ratgeber „5 Räume" schließlich Platz 21 der SPIEGEL-Bestsellerliste erreichte.
Ferner gründete er 2019 seinen eigenen YouTube – Kanal „KeffTV" und „KeffTV – Travel"
Herr Vidala finanziert und verlegt seine Romane bis heute selbst.

KEFF VIDALA

FRUCHTZUCKER

ROMAN

instagram.com/keffvidala

twitter.com/keffvidala

facebook.de/keffvidala

keffvidala@yahoo.com

www.keffvidala.com

Deutschsprachige Erstausgabe November 2020

Keff Vidala – Schützenstraße 44 – 45699 Herten

Covergestaltung und Satz: Wolkenart - Marie-Katharina Becker,
www.wolkenart.com
Foto: ©Shutterstock.com
Korrektorat, Lektorat: Eva Schürmann- Lanwer
(Projekt Lektorat)

1. Auflage

Vorwort

Hallo meine lieben Leser/innen.
Ich kann nicht glauben, dass ich diese besondere Geschichte zu Ende gebracht habe.

Warum?

Weil ich sie schon seit 2018 in meinen Gedanken trage, aber immer wieder verworfen habe. Nach meinen bisherigen Romanen, die auf wahren Begebenheiten beruhten, fehlte mir der Mut, etwas zu schreiben, das ausschließlich auf meiner Fantasie beruht.
Ich zweifelte daran, über das nötige Talent zu verfügen – das Talent, eine Story zum Leben zu erwecken, Charaktere und Gefühle so gut zu beschreiben, dass sie Emotionen in euch wecken, sodass ihr mitfiebert und mitleidet.

Also ließ ich es sein.
2020, als die Corona-Pandemie auch Deutschland erreichte und ich zu Hause bleiben musste, dran diese verschollene Geschichte, die tief in meiner Seele ruhte, wieder in mein Bewusstsein.
Es packte mich, und ich hatte das Gefühl, sie freilassen zu müssen, damit sie euch erreichen kann.
Es war kein leichtes Unterfangen, die ersten Seiten zu schreiben. Ich fing an, hörte auf, setzte erneut an, stoppte abermals. Mir war nicht klar, wie das Ende aussehen würde. Das ließ mich stark zweifeln.
Dann änderte ich die komplette Story, aber auch diese Fassung verwarf ich.
In dem frustrierenden Glauben, diese Geschichte niemals zu Ende zu bringen, legte ich sie wieder in einem dunklen Raum meiner Gedanken ab und verschloss die Tür.
Doch im September 2020, mitten in der Nacht, kam mir der zündende Impuls. Ich wusste, wie ich diese Erzählung zu Papier bringen würde und vor allem, wie sie enden sollte.
Gefesselt von meiner Vision klappte ich meinen Laptop auf und schrieb diesen Roman in vier Wochen nieder.
Nun hältst du ihn in deinen Händen.
Es ist ein besonderes Buch, das mich beim Schreiben viel Kraft, Mut und zahlreiche Tränen gekostet hat, weil ich mit der Protagonistin eins war.
Genug geschrieben.

Mach es dir in deinem Bett, auf der Couch, auf der Wiese oder im öffentlichen Verkehrsmittel gemütlich und tauch in diese Erzählung ein.

Kapitel 1

Was bedeutet Leben für dich?

Ela

Manchmal frage ich mich, was aus mir geworden wäre, wenn ich den Weg, den meine Eltern für mich planten, gegangen wäre, jenen Weg, eine Mutter und vorbildliche Hausfrau zu sein, samt all den daran geknüpften Visionen und Vorstellungen. Wo wäre ich heute?

Die Tränen, die ich seit meiner Heirat vergossen habe, taten weh.

Ich wollte nichts anderes, als von Glück erfüllt zu sein, das zu tun, wonach mein Herz sich sehnte. Ich wollte die Liebe, die ich für Noah empfand, umfassen wie eine Mutter ihr Baby – diese tiefe Liebe, von der ich mich einfach nicht lossagen, von der ich mich nicht befreien konnte.

Ist das die irdische Bestrafung für die Sünden, die ich begangen habe?

Während mir all diese Gedanken durch den Kopf gehen, liege ich blutüberströmt mit dem Bauch auf dem kalten Küchenboden.

Eine Kugel traf meine Schulter. Sie erzeugte einen schmerzhaften Impuls, der immer noch brennt. Ich atme schwer, als ich versuche, mich zu bewegen. Meine Hand blutet stark, und ich erkenne, dass der kleine Finger sowie der Ringfinger weggerissen wurden, als ich mein Gesicht mit der Hand vor der nächsten Kugel schützen wollte.

Die letzte durchdrang meine Brust. Es sammelt sich immer mehr Blut. Ich spüre es.

Mir wird kalt, mein Mund ist trocken.

Ich habe das Verlangen nach Wasser. Ich kann nicht schreien und noch weniger atmen.

Warum muss ich diesen Schmerz erleiden?

Womit habe ich es verdient, den Tod zu schmecken?

Ich schwöre bei Allah, ich habe es nicht kommen sehen.

Als meine Augen schläfrig werden, erkenne ich einen Mann, der den Raum betritt. Ich spüre seine Hände auf meinen Halsschlagadern und meinem Gesicht. Ich höre wie er mit mir sprichst, aber ich verstehe ihn nicht, als wäre ich unter Wasser. Während alles um mich herum dunkel wird, denke ich an Noah und empfinde Dankbarkeit für die gemeinsamen Momente, die er mir in dunklen Stunden und Tagen schenkte.

Er hat mich in den schmerzhaften Augenblicken meines Lebens festgehalten und nicht mehr losgelassen. Meine Augen schließen sich. Es wird sehr still um mich herum.

Noahs Herz bebt, als er auf der Bettkante sitzt.

Es ist eine schreckliche Entscheidung, die er jetzt treffen wird, und sie quält ihn von Sekunde zu Sekunde mehr. Er kann all die Schmerzen nicht mehr ertragen. Die Fragen in seinem Kopf peinigen ihm.

So schnell, wie er es beenden musste, so sehr hätte er jetzt ihre Umarmung gebraucht.

Erinnerungen kommen in ihm hoch – wie er mit seiner Hand ihr schönes schwarzes Haar streichelt, die Linien ihres Gesichts nachfährt. Erinnerungen an die Küsse auf ihrem Nacken werden wach, die sich wie Küsse auf das Leben anfühlten.

Der Duft ihrer Haut, der ihm Frieden schenkte, wird ihm bewusst.

Er hat sie wirklich geliebt. Es war eine tiefe Bindung, die er für sie verspürte.

Wärme entwickelt sich in seinem Körper, als würde sein Herz nicht Blut, sondern heiße Lava in alle Körperteile pumpen. Es erzeugt fürchterliche Schmerzen.

Schweißperlen sammeln sich auf seiner Stirn.

Er fängt an zu weinen und dabei vibriert sein gesamter Körper.

Jetzt ist ihm nichts mehr geblieben. Er schaut in die Kamera, auf das Stativ, das wie ein stiller Zeuge alles dokumentiert, und die Waffe, die er langsam und vorsichtig an seiner Schläfe positioniert.

Er sieht keinen anderen Ausweg. Kein Weg führt daran vorbei. Also entscheidet er sich, die Knarre zu entsichern. Er schwimmt in Tränen. Etwas Fürchterliches hat er getan, etwas, was er sich in diesen Minuten nicht vergeben kann. Die Tränen, die seine Wangen verlassen, treffen den Boden. Sein Körper zittert.

Er schließt beide Augen. Elas Gesicht erscheint ihm in seinen Gedanken, und dann drückt er ab.

News aktuell

Ein junger Mann wurde vergangene Nacht tot in seiner Wohnung gefunden. Nachbarn hörten um 1 Uhr einen Schuss. Daraufhin alarmierten sie die Polizei. Wie Medienkreise berichten, soll es sich um einen Selbstmord handeln. Wie wir aus sicheren Quellen wissen, existiert ein Video, eine Art Abschiedsbrief, der die Selbsttötung dokumentiert. Ob es eine Verbindung zu einer anderen Tragödie, die sich vor wenigen Stunden zutrug, gibt, kann die Polizei zurzeit nicht mitteilen. Wir bleiben dran.

Kapitel 2

Was ist eine Ehe aus deiner Sicht?

3 Monate zuvor …

Ich hatte kein Job, von dem man als Frau seinen Freunden mit voller Begeisterung erzählen würde. Deshalb schäme ich mich ein bisschen, dass ich mit diesem Part anfangen muss, wenn ich dich über meine Geschichte informieren möchte. Ich arbeitete in einem Schlachtbetrieb. Die leblosen Gewebe der Tiere hingen an Maschinen und wurden hin und her gefahren, während die Arbeiter und Arbeiterinnen mit finsterer Mimik das Fleisch auf den Tischen mit scharfen Messern zerteilten.

Am Anfang hatte ich mich sehr oft verletzt, vor allem wenn es darum ging, die Fleischblöcke aus dem Kühlraum in den Verwertungsbereich zu transportieren.

Ich hatte geschwollene Hände und überall Schnittwunden.

Meine Lippen waren trocken und rissig von der Kälte, und ich fühlte mich von der Anstrengung sehr erschöpft.

Aber irgendwann hat man an die Techniken drauf, so auch ich. Es kam nur noch selten vor, dass ich mich verletzte.

Ich hatte den Job nur angenommen, weil wir das Geld dringend brauchten.

Mein Mann arbeitete nicht, und ich hatte das Gefühl, dass er sich auch nicht sonderlich viel Mühe machte, einen Job zu finden. Mit dem Arbeitslosengeld und meinem Teilzeitjob konnten wir uns nach dem Corona-bedingten Lockdown gerade noch so über Wasser halten.

Obwohl ich eine Frau war, behandelten meine Kollegen mich mit Respekt, wie ich fairerweise sagen muss. Vielleicht lag es daran, dass ich in eine Türkin mit Kopftuch war und neben mir fast nur muslimische Männer in dem Betrieb beschäftigt waren. Sie fürchteten wohl, dass jeder böse Satz über mich ganz genau von Allah registriert würde.

Doch heute war kein glücklicher Tag für mich, denn es war mein letzter Arbeitstag. Mir war gekündigt worden. Der Virus hatte auch diesem Unternehmen massiv geschadet, und ich war eine unter den acht Mitarbeiterinnen und Mitarbeitern, die sich noch in der Probezeit befanden und deshalb gehen mussten.

»Es tut mir wirklich leid, Ela. Du warst eine gute und zuverlässige Mitarbeiterin. Ich meine das ernst. Du hast dich die letzten zwei Monaten nie beschwert, nicht krank gemeldet und nie zu spät deine Arbeit angetreten. Aber ich kann nichts tun.«

Herr Fuchs, ein Mann um die vierzig mit rostfarbenen Haaren und Vollbart, faltete mit einem besorgten Gesichtsausdruck seine Hände, als wir in seinem Büro saßen.

Ich vermutete, dass es ihm wirklich leidtat, mir kündigen zu müssen.

»Ich verstehe es, Herr Fuchs. Und ich nehme es auch nicht persönlich.

Sie müssen mir gegenüber kein schlechtes Gewissen haben.«

Er warf mir einen enttäuschten Blick zu. »Aber das tue ich. Glaub mir: Es gibt genug Mitarbeiter, die so faul sind, dass ich viel lieber sie rausgeworfen hätte.«

Er sagte mir fairerweise einen Monat vorher Bescheid, dass ich wahrscheinlich würde gehen müssen. So hatte ich die Gelegenheit, mich rechtzeitig zu bewerben.

Nach dem Gespräch gab man mir Fleisch mit. Mein Mann würde es dankend annehmen, ich hingegen unangetastet lassen. Wenn man ein Jahr lang auf einem Schlachthof gearbeitet hat, verliert man schnell den Appetit auf Fleisch. Jedenfalls war es bei mir so.

Abends gegen 19 Uhr verabschiedete ich mich von einigen Kolleginnen und Kollegen und machte mich auf den Weg zur Bushaltestelle. Draußen schaute ich den Himmel und bemerkte, dass die Wolken sich langsam verdichteten. Hoffentlich würde es nicht regnen.

Plötzlich hörte ich ein »Hey« Ich zuckte zusammen und drehte mich reflexartig um, wollte ich doch erfahren, wer mich angesprochen hatte.

Ibrahim winkte mir zu – ein 32-jähriger Libanese, schlank, groß gewachsen, Drei-Tage Bart,

dichten Haaren und Augenbrauen.

»Salam Alaikum«, grüßte ich ihn. »Alaikum Salam«, erwiderte er lächelnd.

»Ich hoffe, ich habe dir keinen Schrecken eingejagt.«

»Nein, nein alles gut.« Ich bemühte mich, freundlich zu wirken.

»Ich habe gehört, dass es dein letzter Arbeitstag war. Vielleicht habe ich bald einen neuen Job«, sagte er und schaute mich erwartungsvoll an.

»Das freut mich, Ibrahim.«

»Ja, mich auch. Ich habe keinen Bock mehr auf diese Firma. Wenn es gut läuft, werde ich in einem Hotel arbeiten.«

»Ja, wenn man die Möglichkeit hat, zu gehen, dann sollte man das tun, vor allem, wenn man eine bessere Möglichkeit gefunden hat.«

»Das gilt für alle Ebenen, Ela.«

Ich schwieg.

Er räusperte sich.

»Du weißt: Wenn du irgendwann Hilfe brauchst, bin ich für dich da.«

»Das weiß ich zu schätzen, Ibrahim. Möge Allah dich dafür belohnen.«

»Nein, nein. Dafür verlange ich kein Lob. Ich mache es gerne, Ela. Du bist eine tolle Frau.«

Ich schwieg wieder.

»Ist alles in Ordnung?« Erneut warf er mir einen fragenden Blick zu.

Ich nickte, aber wahrscheinlich verrieten meine Augen mich.

»Bin nur etwas müde von der Arbeit.«

Er musterte mich eine Weile und sagte schließlich:

»Wenn du willst, kann ich dich fahren.«

»Nein, nein. Du wohnst in einer ganz anderen Richtung. Das wäre zu umständlich. Trotzdem danke ich dir für das Angebot.«

»Das würde mir nichts ausmachen. Ich würde mich freuen, wenn wir weiterhin in Kontakt bleiben könnten.«

»Ibrahim, du weißt, dass ich das nicht machen kann.« Ich bemerkte schnell, dass mein Tonfall etwas unangemessen gewesen war und entschuldigte mich.

»Nein, du hast Recht.« Er lächelte verschämt.

Der Bus näherte sich mit einem Dröhnen. Rasch verabschiedete ich mich und stieg ein. Ich beobachtete, wie er mir hinterherschaute.

An der Haltestelle Bahnhof wechselte ich zur S-Bahn.

Ich saß planmäßig wie ein Fremdkörper im fahrenden Zug.

Das Beben des Donners draußen am Himmel durchflutete die Abteilung. Die Wolken zogen sich zusammen und erzeugten eine bedrohliche Atmosphäre über der Stadt Berlin. Es sah so aus, als ob der Himmel sich auf eine verregnete Nacht vorbereitete.

Den Kopf gegen die Scheibe gelehnt, ließ ich die Häuser an mir vorbeiziehen.

Heute hatte ich nichts Besonderes aus meinem Kleiderschrank herausgeholt. Ich trug eine dunkelblaue Jeans und einen schwarzen Pullover mit einer Kapuze, die ich über mein Kopftuch geworfen hatte, im Gesicht eine weiße Atemmaske. An die Masken hatte ich mich inzwischen gewöhnt. Nervig waren sie dennoch, vor allem, wenn man einer der Kandidaten war, die sie ständig irgendwo liegen ließen.

Die Plastiktüte mit dem Fleisch lag auf meinen Oberschenkeln. Als ich auf meine Füße blickte, ärgerte ich mich über mich selbst, weil ich die weißen Air Force trug. Angesichts dessen, was sich gerade am Himmel bildete, würden sie nicht sauber bleiben.

Im Zug roch es etwas modrig, und auf dem Sitz neben mir waren deutlich Flecken zu erkennen, die man wohl nicht mehr hatte entfernen können. Der Vibrationsalarm von meinem Handy ließ mich zusammenzucken. Eine Nachricht von Elif erschien auf dem Bildschirm.

»Hey, ich wünsche dir viel Glück bei deiner Bewerbung morgen. Du wirst genommen, glaub mir. Kussi«

Ich musste schmunzeln.

Der Zug war diesmal ungewöhnlich voll, aber der Platz neben mir wie immer leer.

Manche der Stehenden warfen mir flüchtige Blicke zu.

Mit einem lauten Ruckeln und Quietschen bewegte sich der Zug zur nächsten Station. Sein Ziel: Berlin Gesundbrunnen. Von dort aus würde ich einen Bus nach Wedding nehmen.

Ich blickte wieder nach draußen.

Der Zug hielt abrupt an, und eine Meldung ertönte:

»Liebe Gäste, unsere Weiterfahrt wird sich um wenige Sekunden verzögern.« Anschließend folgte das Ganze nochmal auf Englisch. Ein kollektives Seufzen war zu hören.

Personen, die schon an der Tür warteten, um ihren Anschlusszug oder -bus zu erwischen, wurden nervös.

Ich lehnte mich mit dem Kopf zurück.

Plötzlich kam die Bahn wieder in Bewegung. Das riss mich aus meinen Gedanken.

Nach einer Minute erreichte sie die nächste Station. Die Türen öffneten sich und gaben ein lautes Piepen von sich.

Neue Fahrgäste drängten herein. Ich rutschte etwas weiter nach links, um zu signalisieren, dass der Platz neben mir frei war. Vielleicht würde ihn ja doch noch jemand belegen. Alle waren zu sehr mit ihrem Leben beschäftigt, um zu merken, dass meines langsam in sich zerfiel.

Manchmal wünschte ich mir, dass sich den Umständen zum Trotz eine gesprächige Person neben mich setzen würde, um mir ein freundliches »Hallo« zu schenken, ein Gespräch mit mir anzufangen. Ich wollte nichts Tiefgründiges, nur eine kleine Unterhaltung. Sowas wie: »Wo fahren Sie hin?«

Ich würde antworten: »Zur Arbeit.« Und dann würde die Frage folgen: »Oh, was arbeiten Sie?«

Ich würde schmunzeln und entgegen: »In einem Schlachthof.«

Sie würden mich bewundern, dafür, dass ich als Frau so mutig und so stark war.

Und dann würden sie mich fragen, ob es mir gut gehe.

Ich würde nur lächeln und erwidern: »Allah sei Dank geht es mir eigentlich gut.« Dann würde ich ergänzen: »Ich fühle mich nur oft sehr einsam. Bisweilen habe ich das Gefühl, dass mein Leben in sich zusammenbricht und alles, was bleibt, Scherben sein werden.«

Bei diesen Satz bemerkte ich, wie meine Augen feucht wurden. Und ich schüttelte die Gedanken schnell ab. Reiß dich zusammen, Ela, du kannst jetzt nicht im Zug Tränen vergießen.

Ich muss dir wohl nicht sagen, dass ich eine sehr emotionale Person bin.

Die letzten Gäste stiegen ein. Wie vom Blitz getroffen, bemerkte ich, dass es meine Station war. Ich riss mich nach oben und quetschte mich mit einem schüchternen »Entschuldigung« durch die Menge bis zur Tür. Manche zuckten zusammen, weil sie mich nicht hatten kommen sehen, und andere schüttelten verärgert den Kopf. Geschafft! Ich war draußen.

Auf der Straße fielen die ersten Regentropfen und berührten meine Kapuze. »Ausgerechnet jetzt«, murmelte ich gereizt. Hastig lief ich die Treppenstufen des Bahnhofs hinunter ins Freie.

Ich stand nass und erschöpft vor meiner Wohnungstür.

Langsam steckte ich den Schlüssel ins Schlüsselloch und öffnete die Tür.

Im langen Flur der Wohnung war es dunkel und kalt.

Plötzlich verkrampfte sich mein Magen. Am liebsten hätte ich mich einfach umgedreht, um wegzurennen, davonzurennen und nie wiederzukehren.

Ich wollte den Schmerz in den Räumen zum Leben erwecken. Vielleicht hatte ich mich deshalb entschlossen, die Wände Grau zu streichen.

An der rechten Seite befand sich eine lange schwarze Kommode, die ich mir aus einem Secondhandladen geholt hatte. Sie hatte etwas Mystisches an sich. Auf ihr standen gerahmte Bilder. Sie zeigten mich in verschiedenen Situationen. Mal war ich in einem weißen Kleid im Kreis meiner Familie zu sehen. Auf einem anderen Foto umarmte ich meine beste Freundin Elif. In vielen Fällen lächelte ich kaum.

Ich lief weiter.

Es war nicht so, wie man sich eine frisch eingerichtete Wohnung vorstellen würde. Statt warm wirkte sie düster, wenn nicht so sogar angsteinflößend.

Schwarze Ledermöbel, ein dunkler Couchtisch und ein nachtschwarzes Sideboard schmückten das Wohnzimmer.

Eine Blume in einer Vase auf einer der Fensterbänke versuchte verzweifelt, so etwas wie Freundlichkeit auszustrahlen. Doch das ging in der traurigen Atmosphäre unter.

Ich zog die Schuhe aus und bewegte mich mit leisen schritten in die Küche. Dort angekommen, legte ich die Tüte mit dem Fleisch in den Kühlschrank und nahm mir eine Wasserflasche, bevor ich mich an den Esstisch setzte.

Um mich herum eine unheimliche Stille.

Das Brummen des Kühlschranks war das Einzige, was man noch wahrnahm. Alles kam mir so weit weg vor.

Ich verließ den Raum Richtung Badezimmer. Auf den Weg dorthin machte ich am Schlafzimmer Halt. Vorsichtig öffnete ich die Tür. Mein Blick wanderte zum Ehebett. Mehmet, mein Ehemann, schlief schon.

Leise schloss ich die Tür wieder und bewegte mich Richtung Badezimmer, befreite mich von meiner Kleidung und stellte mich unter die Dusche.

Das Wasser benetzte wie in Zeitlupe mein Gesicht, glitt weiter zu meinen Schultern hinab und erreichte meine Hüften und Beine.

Ich trocknete mich ab, zog mein Nachthemd und meine Hose an, ging ins Schlafzimmer,

nahm mir meine Decke, verließ es und legte mich auf die Couch im Wohnzimmer.

Manchmal fürchte ich, ich lebe nicht wirklich, sondern befolge nur Regeln, die mir das Atmen erschweren.
Ich habe Angst, etwas zu verschlafen, das »echte« Leben zu verpassen, aber ich bin mir nicht einmal sicher, was »echt« bedeutet und wie es sich anfühlt. Vielleicht ist »echtes Leben« nicht etwas, das man sehen kann, sondern etwas, das man fühlen muss. Wer sagt, Stille sei kein Geräusch, hat sich noch nie so lange allein gefühlt, dass er hören konnte, wie sein Herz Stück für Stück zerbricht.

Gerichtsakte Nummer 45567, Beweismittel 5 / Video mit Ton / Person identifiziert als Noah Larus / Ein Jahr nach seinem Tod erstmals im Gericht vorgespielt.

»Mein Name ist Noah. Wenn ihr dieses Video seht,
bin ich bereits tot.
Ich erstelle es, damit ihr die Wahrheit kennt.«

KAPITEL 4

Glaubst du an Liebe auf den ersten Blick?

Bevor ich Mehmet heiratete, hegte ich wie jedes andere Mädchen die Vorstellung von einer Traumhochzeit, wie in den Filmen von Shah Rukh Khan. Ein Mann, der von innen und außen das hatte, was ich als attraktiv empfand.

Ich werde dir jetzt ein Geheimnis verraten: Das Erfüllen dieser Hoffnung verband ich damals mit Noah.

Wir kannten uns von früher. Er ging in die Parallelklasse, und wenn jemand ihn nicht bemerkte, muss er blind gewesen sein. Mit seinen blonden Haaren und blauen Augen erkannte man ihn überall. Ich war damals unsterblich in diesen Jungen verliebt.

Ich meine, der Ausländeranteil in unserer Schule war schon extrem hoch.

Trotzdem wurde er von allen Südländern respektiert.

Sicherlich hatte ein Vorfall, der sich damals in der Schule zutrug, damit zu tun.

Er wurde anfangs nicht gemocht, als er mit seinen Eltern nach Wedding gezogen war.

Ich hörte an ihn gerichtete Beschimpfungen »Scheiß Deutscher!« und »Du Kartoffel!«.

Er versuchte immer, so zu tun, als ob es ihm nichts ausmachte, aber ich konnte in seinen Augen sehen, dass es ihn belastete. Ja, Noah, ich konnte dich immer schon gut lesen.

Dann kam es zu diesem Zwischenfall im Treppenhaus der Schule. Da waren wir, glaube ich, 16 Jahre alt.

Ercan, vor dem sich viele fürchteten, rempelte Noah an, sodass seine Schulbücher auf den Boden fielen.

»Pass doch auf!«, brüllte Noah ihm hinterher, was Ercan als Kampfansage verstand. Er drehte sich abrupt um und fragte mit aggressiver Stimme, wen er denn meine. Sie stritten sich und schrien einander an. Sofort bildete sich eine Menschenmenge um sie herum, die Ercan anfeuerte, ihn kaputt zu schlagen. Einige wenige Schüler wollten beide zurückhalten, wurden aber immer wieder daran gehindert. Die Menge wollte diese Show sehen, wollte eine Schlägerei erleben.

Ich weiß, dass der erste Schlag von Ercan kam, weil ich dicht hinter Elif stand, als ich beide beobachtete. Aber Noah hielt überraschenderweise dagegen, vielmehr noch: Er drückte Ercan auf den Boden und machte ihn mit einigen

Haltegriffen kampfunfähig, bis ein Lehrer auftauchte und beide voneinander löste.

Am nächsten Tag rief Ercan seinen großen Bruder zur Unterstützung, der als 28-Jähriger einen 16-Jährigen schlagen sollte.

Als sein Bruder in der Schule auftauchte und erkennen musste, dass er es mit einem Teenager zu tun hatte, war er so beschämt, dass er Ercan eine Backpfeife gab und ihn zur Bestrafung zwang, sich bei Noah für das Anrempeln zu entschuldigen.

Ich kann dir nicht sagen, warum Ercan und Noah danach eine Zweckbeziehung eingingen.

Vermutlich war deutlich geworden, dass man ihn nicht wie ein Opfer behandeln konnte.

Oder Ercan dachte sich: *Der ist so stark. Ich habe mehr Vorteile, wenn ich ihn zum Freund habe statt zum Feind.*

Nach der Schule gingen wir Mädels wie immer zu McDonalds.

Dort war es jedes Mal rappelvoll, weil sich noch andere Teenager aus den Schulen im Umkreis diesen Platz zum Abhängen ausgesucht hatten.

Wir Mädels saßen eine bis zwei Stunden dort, manchmal auch länger, und machten auch unsere Hausaufgaben an diesem besonderen Ort. Wir waren aber stets höflich und nicht zu laut. Deshalb ließen uns die Mitarbeiter in Ruhe, auch, wenn wir nur einen Burger und Softdrinks bestellten.

Als wir wieder mitten in den Lernstoff vertieft waren, stieß Elif mich an und flüsterte leise: »Schau mal.« Ich blickte hoch, und mein Herz rutschte mir fast in die Hose. Noah und Ercan und kamen an unseren Tisch.

Elif, die Ercan kannte, winkte die beiden zu uns rüber.

Ercan war der Größere, kräftig gebaut, lockige kurze Haare und leicht abstehende Ohren.

Noah, sah aus wie die weiße Wand neben ihm.

»Hi, was geht ab?«, fragte Ercan selbstbewusst, und die Jungs nahmen Platz.

Ich war komplett mit der Situation überfordert. Ich meine, kennst du das, wenn der Junge deiner Träume plötzlich auftaucht und sich auch noch an euren Tisch setzt?

Plötzlich wusste ich nicht mehr, was ich mit meinen Händen machen sollte.

Noah nahm neben mir Platz, und unsere Blicke trafen sich. Schüchtern blickte ich nach unten. Es war zu viel des Guten.

Die Jungs bestellten sich ein Menü und bauten eine Pommeslandschaft in der Mitte ihrer Tabletts. In jeder Ecke wurden Mayo und Ketchup verteilt.

Elif übernahm wie immer das Ruder und fing das Gespräch an.

Wir lachten und diskutierten über bestimmte Themen, wie die unserer Meinung nach besten Rapper und die coolsten Klamottenmarken.

Ich schaute wie ein Esel in die Runde und vermied

entschlossen, Noah anzuschauen. Mitten im Gespräch suchte Elif meinen Blick.

»Wenn es um Sneaker geht, kann keiner mit Ela mithalten.« Ich lächelte schüchtern. »Ehrlich? Welche hast du denn?«, fragte Noah. Seine Stimme klang – Wie kann ich dir das am besten beschreiben? – tief und männlich. Okay, vielleicht war es dem Verliebtsein geschuldet, aber ich empfand sie als sehr schön. Ich fühlte mich von dieser Stimme angezogen. »Ela?«, wendete Elif sich an mich.

Alle lachten. Ich hatte vergessen, zu antworten.

»Ähm, ich habe die Jordan 1 Low. Die Air Force One. Adidas Superstar. «

Noah schaute mich beeindruckt an.

»Mir gefallen Puma-Schuhe besonders gut.«

»Ich mag sie auch«, erwiderte ich.

Das war gelogen. Ich mochte Pumas überhaupt nicht. Mir gefiel kein einziger Schuh, aber für Noah tat ich gerne so, als ob.

In diesem Moment wurde ich etwas lockerer. Wir tauschten einige Sätze, widmeten uns wieder den anderen, und auch ich fing an, zu kichern, natürlich mit Bedacht – nicht zu viel, nicht zu wenig. Die Nervosität war deutlich gesunken.

Nach einer Stunde schlugen die Jungs vor, noch ein bisschen durch die Stadt zu schlendern. Also standen wir alle auf und bewegten uns zum Ausgang. Draußen schaute ich auf mein Handy und bemerkte, dass es bereits 15 Uhr war. Um 16 Uhr musste ich zu Hause sein.

»Ausgerechnet jetzt«, seufzte ich.

»Elif, ich muss leider gehen.« Meine Enttäuschung war mir sicherlich anzusehen. Sie umarmte mich und gab mir ein Kuss auf die Wange. »Hey, ich muss leider auch los«, sagte Noah. Er warf mir einen Blick zu. »Sollen wir den Bus zusammen nehmen?«

»Ja, können wir«, erwiderte ich schüchtern. Wir verabschiedeten uns von den anderen beiden und liefen gemeinsam in Richtung Bushaltestelle, was mir wie ein Traum vorkam.

Komischerweise sprachen wir bis zur Haltestelle kein Wort miteinander. Aber für mich war es absolut kein Problem, im Gegenteil: Ich genoss diese Stille.

Manchmal müssen Gefühle nicht laut sein, damit man sie spürt. Manchmal wächst eine Liebe auch in aller Stille.

Als wir im Bus nebeneinandersaßen, fragte er mich aus dem Nichts, welche Musik ich denn gerne hörte. »Du findest es bestimmt komisch, aber Filmmusik mag ich ganz besonders.«

»Hmm, eigentlich nicht.«

Dann holte er sein iPhone und seinen Kopfhörer aus der Hosentasche, säuberte den rechten Ohrstöpsel mit seinem Shirt, lächelte und gab ihn mir. Ich setzte ihn ein.

Musik von Hans Zimmer war zu vernehmen.

Und so fuhren wir gemeinsam nach Hause.

Nach der Busfahrt kam er immer öfter mit Ercan zu unserem Platz bei McDonalds. Jedes Mal schlug mein Herz schneller. Ich mochte ihn, mochte seine Art, seine Mimik und seine Gestik.

Noah redete nicht viel, war eher der Zuhörer, der nur nickte, zustimmte.

Ich schaffte es aber, ab und zu einige Sätze mit ihm auszutauschen. Irgendwann hatte Elif einen Arzttermin, und Ercan musste zum Fußballtraining. So saßen plötzlich nur noch wir beide dort. Erstmal schwiegen wir für mehrere Minuten, bissen in unsere Burger und tranken die Softdrinks, als wäre es das Interessanteste, was wir je getan hatten.

Noah hatte mehr Mut als ich und fragte mich, ob ich Bücher mochte. Ich nickte.

»Welche denn?«

»Ich mag Gedichte.«

»Wer sind deine Lieblingsdichter?«

»Ich mag Khalil Gibran.«

»Der ist echt super.«

»Du kennst ihn?«

»Ja klar. Warum?«

»Na ja, du bist der Erste, der mir auf Anhieb sagt, dass er ihn kennt.«

Er nahm einen Schluck aus seinem Becher.

Er fragte, ob ich die Bücher von Paulo Coelho gelesen hätte. Ich schüttelte den Kopf.

Dann empfahl er mir einige Titel und ergänzte, dass mir die Werke gefallen könnten.

Ich fasste Mut und sagte schließlich:

»Wenn du willst, können wir ja unsere Nummern tauschen. Dann kannst du mir die Titel per SMS schicken.«

Er schaute mich mit hochgezogener Augenbraue an.

»So kommt man also an Nummern ran, hmm, merke ich mir«, sagte er schließlich.

Er lächelte. Ich musste lachen. Er lachte mit.

Und dabei hielt ich schüchtern meine Hand vor meinen Mund.

»Du bist irgendwie anders als die meisten Mädels«, erklärte, als wir uns wieder beruhigt hatten.

»Wie meinst du das?«

»Na ja, du hörst Orchester Musik und liest gerne Gedichte. Es ist komisch, weil du dich mit Leuten umgibst, mit denen du gar nicht darüber sprechen kannst.«

»Das habe ich doch soeben getan«, antwortete ich.

Er schaute mich fragend an.

»Mit dir.«

Er lächelte, ich ebenso.

In den nächsten Wochen unternahmen wir öfter etwas zusammen – meistens zu viert oder zu dritt, aus Angst, von Verwandten oder Eltern erwischt zu werden.

So sehr ich auch Noah mochte, bemühte ich mich, das Bild einer gottesfürchtigen Muslimin aufrechthalten, vor allem einer, die ein Kopftuch trug.

Ich wollte meiner Religion nicht schaden, meinen Glauben nicht beschmutzen, indem ich Dinge tat, die ihnen widersprachen, doch fragte ich mich jede Nacht, ob die Gefühle für Noah, die von Tag zu Tag wuchsen, dem schon entgegenstanden.

Die Eindrücke drangen immer tiefer in mich, bis in mein Herz hinein. Wenn ich im Bus neben Noah saß, seinen Geruch wahrnahm und wir uns zufällig berührten, fühlte es sich wirklich schön an, aber ich bekam auch Angst.

Ich fürchtete, dass ich mich in etwas stürzte, was schlimme Konsequenzen nach sich ziehen konnte. Aber was kann man gegen die Liebe tun? Gegen die Zuneigung, die einen überflutet und von der man sich treiben lässt, ohne sich wirklich wehren zu können?

Irgendwann entdeckten wir die Bücherei für uns, und schnell entfernten sich Elif und Ercan, da sie null Interesse hatten, ihre Zeit mit Büchern zu verschwenden. Also saßen Noah und ich stundenlang allein dort. Er ging von Bücherregal zu Bücherregal und griff nach einigen Romanen, wohingegen ich mir ein paar Gedichte aussuchte. Dann saßen wir dicht nebeneinander an einem Platz, an dem uns keiner beobachten konnte. Wenn wir eine schöne Zeile fanden, lasen wir sie dem anderen vor.

So teilte ich unter anderem Folgendes mit ihm:

»Manchmal hält uns die Religion gefangen auf der Erde, damit wir im Paradies frei sein können.«

Er zog seine Augenbrauen zusammen und schaute mich an.

»Fühlst du dich so?«

»Was meinst du?«

»Das mit der Religion. Findest du, dein Glaube hält dich gefangen?«

Ich überlegte, wie ich die Frage am besten beantworten konnte.

»Gefangen würde ich nicht sagen, aber natürlich sind wir in vielen Sachen eingeschränkt.«

»Stört dich das nicht?«

Ich hielt inne.

»Mich stört nur, dass die anderen es nicht respektieren wollen.«

»Was zum Beispiel?«

Ich lächelte.

»Es würde Stunden dauern, bis ich dir alles erzählt habe. Aber eines kann ich sagen: Nicht jeder mag Kopftuch tragende Musliminnen.«

»Ich mag dich, mit oder ohne Kopftuch.«

Ich errötete. Dann erzählte er von einigen Autoren, von Büchern, die er liebte, und übte Kritik an dem einen oder anderen Werk.

Ich hörte ihm zu und entdeckte allmählich, dass wir in vielen Sachen gleich waren, nicht zuletzt in unserer Art zu denken und der Gedichte, die wir liebten. In mir keimte der Wunsch, mehr von diesem Jungen zu erfahren.

Ich hatte ihn in mein Herzen geschlossen, gerade, weil er nicht wie die anderen Jungs war. Und nun fühlte ich, während er redete, dass es Liebe war. Zumindest glaubte ich es.

Ich kannte die Liebe nicht, immerhin war ich doch erst 16 Jahre alt, doch ich wusste, es fühlte sich gut an, ihm zuzuhören, mit ihm Zeit zu verbringen.

Nachdem wir die Bibliothek verlassen hatten, schlug er vor, in ein Café zu gehen. Ich lehnte ab und sagte, dass es nicht gut wäre, wenn uns jemand sähe.

Er legte die Stirn in Falten, sah mich an und sagte:

»Manchmal weiß ich nicht, was ich mit dir machen soll, Ela.«

»Was meinst du?«

»Du bist ein intelligentes Mädchen, aber manchmal hast du so viel Angst, das zu tun, was du möchtest.«

»Es geht hier nicht um mich, sondern um meine Eltern.«

Er grinste.

»Genau das meine ich, es sollte mehr um dich gehen.«

Ich lächelte.

Im Café gaben wir unsere Bestellung auf, einen Eiskaffee und einen Obstbecher. Wir warteten, bis wir sie in Empfang nehmen konnten.

Als wir an der Reihe waren, nahm ich die Becher an mich. Beim Verlassen des Cafés bemerkte ich, dass auf meinen nicht mein Name, sondern »Isis« gekritzelt worden war.

Ich erinnere mich, dass ich damals nicht wütend war, eher geschockt oder vielleicht fassungslos, ja, fassungslos trifft es am besten. Ich fragte mich, wie sie von »Ela« auf »Isis« gekommen waren, und mir wurde schnell bewusst, dass es kein Versehen gewesen war. Meine Augen wurden vor Verletztheit nass. Anscheinend verriet meine Mimik, wie ich mich gerade fühlte. Noah blieb stehen, schaute mich überrascht an und fragte, was los sei.

Traurig erwiderte ich:

»Alles gut. Ich bin nur glücklich, dass wir uns kennen.«

Er lächelte und sagte, dass er genauso glücklich sei, und wir liefen weiter.

Ich nahm einen Bissen von meinem Obst. Es schmeckte süß, aber ein Hauch von Bitterkeit kam in mir hoch.

Gerichtsakte Nummer 45567, Beweismittel 5 / Video mit Ton / identifiziert als Noah Larus / Video wird erstmals im Gericht vorgespielt. Ein Jahr nach seinem Tod.

»Als Erstes möchte ich sagen, dass es mir unglaublich leidtut, was vor wenigen Stunden passiert ist.
Es bricht mir das Herz. Sie ist tot. Das ist einfach nur schrecklich. Meine Ela hätte nicht sterben müssen. Keiner hätte sterben müssen. Aber ich musste diesen Plan zu Ende bringen. Ich musste das tun, was ich tun musste. Und jetzt sitze ich hier als Mörder.«

KAPITEL 5

Was bedeutet Sehnsucht für dich?

Einige Tage später saßen wir wieder in der Bücherei.

Während er den Klappentext des Buches »Wie ein einziger Tag« las, schaute ihn an, sehr lange, sehr intensiv, und mir wurde warm ums Herz.

Ich nahm all meinen Mut zusammen und fragte:

»Du hast letztens gesagt, dass du mich magst.«

Er legte das Buch auf den Tisch und nickte.

»Ja. Was ist los, Ela?«

»Nichts, ich, ähm...«

Ich räusperte mich.

»Meintest du das freundschaftlich, oder wie meintest du das?«

Er verlagerte seinen Blick zum Buch, griff danach.

Bis er antwortete, fühlte es sich wie eine halbe Ewigkeit an.

»Nein, nicht nur freundschaftlich.«

Er schaute mich an und ich ihn.

Mein Herz schlug schneller, und ich wusste ihn diesem Augenblick, dass es mehr als nur normale Gefühle waren. Mir war klar, dass es sich so anfühlen musste, wenn man verliebt war.

»Können wir zusammen sein, Ela?«, fragte er mich aus dem Nichts. Und dabei vermied er es, mir in die Augen zu schauen. Ihn weiterhin musternd, sagte ich mit trauriger Stimme:

»Das darf ich nicht. Wenn das jemand herausfindet, bekomme ich Ärger.« Bei diesem Satz wurde es schwer ums Herz.

»Keiner muss es wissen.« Diesmal drehte er sich zu mir und schaute mich an. Ich wurde schwach, sehr schwach, schwach vor Liebe, vor Sehnsucht, geliebt zu werden, und sagte schließlich leise: »Einverstanden.«

Die Bücherei war unser intimer Ort.

Wir lachten hier, diskutierten, beschwerten uns über andere. Aber noch wichtiger war: Hier verbrachten wir viel Zeit miteinander.

In der Schule mussten wir es vermeiden, uns zu intensive Blicke zuzuwerfen.

Wir trugen dieses Geheimnis in unseren Herzen, wussten, das wir zusammengehörten, dass wir uns liebten. Abends, wenn alle in der Familie schliefen, telefonierten wir stundenlang, manchmal bis zwei, drei Uhr morgens.

Und nach dem Telefonat drehte ich mich auf den Rücken. Meine Gedanken kreisten um ihn. Wie ein Messerstich wirkte das Wissen, dass diese Liebe niemals funktionieren würde. Er war Christ, ich war Muslimin, er war Deutscher, ich war Türkin. Diese beiden Welten waren zu weit voneinander entfernt, aber sich dennoch so nah. Ich machte die Augen zu und stellte mir uns vor, verheiratet, mit einem Kind, irgendwo am Strand spazieren gehend. Fest kniff ich die Augen zu, um dieses Gefühl einer gemeinsamen Zukunft, der Hoffnung in mir zu behalten, denn sobald ich sie wieder öffnete, würde es sich auflösen.

An einem der Tage, die folgten, sprachen wir in der Bücherei darüber, was wir später beruflich machen wollten. »Du musst auf jeden Fall Autor werden«, sagte ich ihm.

»Wie kommst du darauf?«

»Weil du so viel über Bücher weißt. Ich kann mir gut vorstellen, dass du irgendwann eine sehr schöne Geschichte schreiben wirst.«

»Ich weiß nicht. Will lieber Geheimagent werden.« Er grinste mich an.

»Ich würde ein Buch von dir sofort kaufen. Dann hättest du schon mal eines verkauft.«

Er lächelte, ich lächelte.

Dann kam er mir nahe.

Ich wusste, was jetzt passieren würde. Ich wusste es

einfach, weil ich es in unzähligen Filmen gesehen hatte, und trotz des islamischen Verbots ließ ich zu, dass er mich küsste. Seine Lippen fühlten sich warm an, so intensiv, obwohl es kein leidenschaftlicher Kuss war, sondern eher ein Aufeinanderlegen von Lippen. Die Energie, die durch meinen Körper strömte, war elektrisierend. Ich wusste, dass ich niemals mehr von einem anderen geküsst werden wollte.

Es war so innig, dass mir Tränen in die Augen schossen.

»Habe ich etwas falsch gemacht?«

Ich schüttelte den Kopf. Nein, Noah. Damals hast du nichts Böses getan. Vielmehr war ich es, ich, die gesündigt hat, die sich von Gefühlen leiten lassen hat, die gegen dieses Empfinden der Schande kämpfen musste.

Als wir uns ansahen, bemerkte ich jemanden hinter ihm, und bei genauerem Hinsehen blieb mein Herz stehen. Der Imam meiner Moschee mit einem Stapel Bücher in der Hand.

Er schaute mich irritiert an. Ich wusste nicht, wie lange er dort gestanden hatte, ob er unseren Kuss gesehen hatte. Meine Gefühle und Gedanken tanzten hin und her. Er entfernte sich mit schnellen Schritten, und ich bekam entsetzliche Angst.

Ich sagte Noah, dass ich nach Hause müsse.

Und, ja, es war so, wie du es dir jetzt wahrscheinlich denkst: Ich hatte gerade unsere Wohnung betreten, als mein Vater mir auch schon mit einem Gürtel entgegenkam und mir wutentbrannte Blicke zuwarf.

Ohne ein Wort zu sagen, schlug er auf mich ein.

Beleidigte mich als Hure, als ehrenlose Frau.

Trat auf mich ein, als ich am Boden lag.

Unser Imam hatte alles erzählt, von dem Kuss, den er beobachtet hatte, davon, dass ich als Kopftuch tragende Muslimin meine Religion befleckt hätte, die Ehre der Familie befleckt hätte, den Ruf aller Kopftuch tragenden Musliminnen befleckt hätte. Mein Vater nahm mir mein Handy weg, trat nach mir und ließ mich auf dem Boden liegen.

Ich weinte bittere Tränen, mein Körper schmerzte, meine Seele schmerzte.

Nachts kam meine Mutter zu mir.

Sie setzte sich vorsichtig auf die Bettkante, sagte mir, dass es vergehen werde. Dass ich noch jung sei, dass man solche Gefühle nicht zu ernst nehmen sollte.

Ich sei doch erst sechzehn. Da wisse man eh nicht, was wahre Liebe sei.

Er sei eben kein Muslim, kenne unsere Kultur nicht, und das müsse ich akzeptieren.

Ich sagte nichts, traute mich nicht, zu widersprechen, aber jeder Satz von ihr glich einem Messerstich in mein Herz. Als sie das Zimmer wieder verlassen hatte, weinte ich. Mein Herz war gebrochen.

Es fiel mir schwer, die Worte meiner Mutter zu akzeptieren. Obwohl ich jede Nacht Tränen vergoss, hielt mein Schmerz tage-, wochenlang an. Ich erzählte es Noah nach dem Unterricht an einem ruhigen Platz, an dem uns niemand sehen konnte. Er erschrak, als er mein geschwollenes Gesicht sah, aber auch nur ihm erzählte ich die Wahrheit. Ercan und Elif berichtete ich, dass ich hingefallen sei. Natürlich glaubten sie mir kein Wort, fragten immer wieder nach, bis sie irgendwann aufgaben, als ich stur dieselbe Story von mir gab.

Noah machte ich klar, dass wir den Kontakt abbrechen müssten und uns nicht sehen dürften.

Ich sagte ihm, dass ich zu viel Angst hätte, vor Gott, vor meinen Eltern, vor mir selbst, einfach vor allem.

»Vor mir auch?«, fragte er mit zitternder Stimme und griff nach meiner Hand.

Ich löste mich und sagte ihm, dass ich nicht ihn fürchtete, sondern uns, dieses »Wir«, ja, davor hatte ich Angst. Er beteuerte, dass er mit meinen Eltern reden würde, dass wir ja heiraten könnten, sobald wir 18 seien. »Noah, red‘ kein Blödsinn. Es geht nicht.«

Ich drehte mich um und entfernte mich, weil ich den Tränen nah war, wollte einfach nur weg. Die Last meiner Gefühle wurde zu stark. Mir kamen mir die Tränen.

Er lief hinter mir her, wurde wütend, sagte, ich solle mich doch verpissen, wenn er mir nicht wichtig sei. Ich solle ihn nie wieder ansprechen.

Als ich nicht darauf reagierte, änderten sich seine Aussagen plötzlich. Er wolle mich nicht verlieren, möge mich, liebe mich. Wir sollten nicht aufgeben. Und das Ganze mit 16 Jahren.

Ich meine, wenn ich mich heute zurückerinnere, waren wir noch Kinder. Teenager. Und doch hatten wir so intensive Gefühle füreinander.

Weißt du, was ich damit meine?

Unmittelbar nach der Trennung fühlte ich mich leer. Wochenlang sah und hörte ich Noah in meinen Gedanken überall.

Er war wie eine Kerze nach einem Stromausfall. Ich trauerte um unsere Gespräche, den Kuss, das Zusammensein mit ihm.

Ich liebte Noah, und Noah liebte mich.

Aber Religion und Kultur standen zwischen uns.

Die Wochen und Monate vergingen, und Noah und ich vermissten einander extrem.

Ich blieb nach der Schule zu Hause, wollte weder Ercan noch Noah sehen. Mit gesenktem Kopf ging ich zur Schule, redete mit niemandem, jedenfalls, wenn es nicht nötig war.

Das Schlimmste an Herzschmerz ist, wenn du es niemandem erzählen kannst.

Ich glaube, du weißt, wovon ich rede, oder? Nach einigen Wochen machte wie immer er den ersten Schritt und schrieb mir über Facebook.

Ich antwortete, er schrieb erneut, und das Gespräch begann, als ob es nie abgebrochen worden war.

Und obwohl wir uns Mühe gaben, uns draußen aus dem Weg zu gehen, stattdessen nur über SMS und Facebook in Kontakt zu bleiben, machte das Leben es uns nicht leicht.

Er schrieb mir eines Tages, dass er umziehen werde. Zwar werde er in Berlin bleiben, aber eine Stunde von Wedding entfernt wohnen. Einige Wochen danach war er wirklich weg.

Irgendwann wurden die Nachrichten immer kürzer, die Hoffnungsschimmer immer weniger.

Sein Leben fing an, andere Formen anzunehmen.

Unsere enge Bindung löste sich langsam auf.

Ungefähr ein Jahr nach unserer Trennung dachte ich wieder an ihn, wollte ihn anschreiben.

Aber dann sah ich, dass er nicht mehr über seine alte Nummer erreichbar und sein Facebook-Account gelöscht worden war.

Er verschwand aus meinem Leben, einfach so, und das Einzige, was er mir hinterlassen hatte, waren diese schöne Erinnerungen an einen blonden Jungen mit blauen Augen namens Noah.

KAPITEL 6

Was bedeutet es für dich, unglücklich zu sein?

Was ich dir gleich erzählen werde, aus meinem Herzen zu lassen, wird mich viel Überwindung kosten, weil es etwas ist, was ich bisher immer verschlossen gehalten habe. Aber eines musst du wissen: Ich erzähle die Geschichte von meinem Ehemann, nicht die Geschichte von türkischen Ehemännern.

Es waren sein Verhalten und sein Charakter, die Schmerz erzeugten, nicht seine Herkunft und seine Religion.

Das erste Mal begegneten Mehmet und ich uns vor sieben Jahren. Er war damals 25 und ich 18 Jahre alt gewesen – frisch von Bodrum nach Berlin gezogen, um einen Neuanfang zu wagen.

Meine Eltern kannten sich von der Moschee. Und so wurde er von meiner Familie nach Hause eingeladen. Ich fand ihn nicht gerade anziehend. Seine Größe pendelte sich irgendwo bei 1,75 m ein. Er war etwas übergewichtig. Hautunreinheiten machten ihm Probleme. Seine schwarzen Haare hatte er mit Gel zu stylen versucht. Eine lange Narbe über seiner rechten Augenbraue machte ihn für mich irgendwie seltsam, fast schon unheimlich. Später erzählte er mir, dass er sie sich bei einer Schlägerei in seiner Jugend zugezogen habe. Seine Kleidung offenbarte, dass er von Kombinationen und Stil nicht viel Ahnung hatte. Als ich damals das Wohnzimmer betrat, fiel mir sofort auf, dass sein T-Shirt viel zu eng saß. Ich wusste nicht so recht, ob er einfach nur muskulös aussehen wollte oder nichts anderes hatte.

Mit einem schüchternen »Merhaba« begrüßte er mich.

Ich erwiderte es zaghaft. Er war nicht der Türke, den ich mir als Ehemann vorstellen konnte. Und so fand ich mit meinen 18 Jahren nichts Reizvolles an ihm.

Trotz Kopftuchs war ich eine moderne junge Frau. Meine Sneaker-Sammlung von Nike war beeindruckend und hatte schon immer etwas Neid bei meinen Klassenkameraden ausgelöst. Ich kleidete mich eher im Stil von »Zara« und »H&M« und ging ins Frauen-Fitnessstudio, um meinen schlanken Körper in Form zu halten. Mit meiner besten Freundin Elif traf ich mich zweimal in der Woche für Fotos, und wir posteten neue Fashion-Kombinationen auf Instagram.

Mehmet kam immer öfter zu Besuch, und komischerweise wurde ich jedes Mal ins Wohnzimmer gerufen. Ich servierte Tee und Essen, und seine Blicke wanderten schüchtern hin und her und verharrten einige Sekunden bei mir.

Dann kam dieser eine Tag.

Vier Wochen, nachdem ich 18 Jahre alt geworden war und mein Abi geschafft hatte, kam er zu uns nach Hause, diesmal mit einem grünen Hemd, einem braunen Sakko, einer dunklen Jeans und weißen Sneakers.

Sein Gesicht sah müde aus, als ob er zwei Tage nicht geschlafen hätte, und von dem warmen Tag verschwitzt und gerötet.

Meine kleine Schwester Dilara öffnete ihm die Tür. Sie hielt nicht viel von ihm und hatte mir sogar gesagt, er sei unheimlich. Als er im Wohnzimmer saß, waren meine Eltern überzogen freundlich zu ihm. Er hatte Blumen für meine Mutter mitgebracht und eine kleine Schachtel, in der sich eine Kette befand, für mich.

Ich bedankte mich verschämt. Er fragte nach einem Taschentuch und tupfte die Schweißperlen an seiner Stirn weg.

Der Tisch war liebevoll gedeckt, mit Tee und türkischem Gebäck. Mehmet fragte meinen Vater nach seinem Job als Lkw-Fahrer. Der beschwerte sich natürlich darüber, dass er zu wenig Lohn bekomme für die harte Tätigkeit. Er hörte nickend zu, nahm etwas vom selbstgemachten Gebäck und lobte meine Mutter für ihre Kochkünste. Nach dem Essen und einem Schluck von seinem Getränk kam er zum Punkt.

Und ich muss dir gestehen, dass ich wusste, was kommen würde. Tage zuvor hatte meine Mutter mich schon gefragt, was ich von ihm halte, ob er mir gefalle. Aus Respekt hatte ich geantwortet, dass er nett sei und ich nichts Negatives über ihn sagen könne.

Mehmet verhielt sich sehr seriös und bat meinen Vater um meine Hand.

Er strahlte über beide Ohren, versuchte aber, ernsthaft zu wirken, sagte, dass man natürlich auch mich fragen solle, ob ich bereit sei für diesen großen Schritt. Alle Blicke waren auf mich gerichtet, und ich spürte, wie warm es in mir wurde, aber nicht aus Liebe, sondern aus Nervosität, oder auch Angst, so genau weiß ich es nicht mehr.

Jedenfalls sagte ich sowas wie »Wir können es gerne versuchen, uns näher kennenlernen.«

Alles ging so schnell.

Nach einem Jahr waren wir schon verheiratet. Ich kann bis heute nicht genau sagen, warum ich damals Ja gesagt habe, warum ich dieser Hochzeit zugestimmt habe. Die Hoffnung, Noah wiederzusehen, verschwand endgültig aus meinem Kopf.

Vielleicht machten mir die Geschichten meiner Freundinnen, die von »Fuckboys« berichteten, Angst, und ich dachte mir: *Lieber nehme ich ihn. Lieber nehme ich den islamischen »Traditionellen«*. So konnte ich mir sicher sein, mein Ehemann würde mich nicht betrügen.

Fairerweise muss ich anfügen, es gab zu dieser Zeit nicht nur Negatives über ihn zu sagen. Er war anfangs gottesfürchtig und ging, wie ich, jeden Freitag in die Moschee. Außerdem bemühte er sich, schnell Deutsch zu lernen, um später einen Ausbildungsplatz zu bekommen. Natürlich hatte ich meine Vorstellungen von einem attraktiven Jungen, aber diese musste nicht unbedingt für meinen zukünftigen Mann gelten. Ich heiratete also Mehmet, und wir zogen in diese Zweizimmer-Wohnung in Wedding.

Dass sich alles ins Negative ändern würde, spürte ich bereits, als er mich nach der Hochzeit entjungferte. Kaum waren wir in der Wohnung, fing er an, mich schnell auszuziehen. Wie ein Geschenk entkleidete er mich, ohne das schön Verpackte mit Respekt zu behandeln. Ich spürte, dass er erregt war.

Er befahl mir, zum Bett zu gehen. Ängstlich setzte ich mich auf die Bettkante. Lachend sagte er, ich solle mich hinlegen, und dabei befreite er sich von seiner Kleidung. Er kam zu mir ans Bett, presste seine Lippen gegen meine und versuchte mit der Zunge, irgendwas in meinem Mund zu veranstalten. Unerfahren, wie ich war, wusste ich nicht mit der Situation umzugehen.

Er legte sich mit seinem vollen Gewicht auf mich und fragte, erneut lachend, ob ich ihm zu schwer sei. Ich schüttelte verschämt den Kopf, obwohl er mich fast erdrückte. Dann öffnete er meine Beine, und drang ohne Vorwarnung in mich ein. Ich spürte einen schmerzhaften Stoß, zuckte kurz zusammen und krallte mich an seinem Oberkörper fest. Er versetzte mir ohne jegliche Zartheit und Vorsicht immer mehr schwer zu ertragende Stöße, als wollte er mir etwas beweisen, sodass ich schmerzerfüllt zu stöhnen begann. Motiviert, weil er meine Laute falsch verstand, wurde er schneller. Jegliche Einfühlsamkeit, jegliche Liebe, die ich mir von Sex mit einem Mann erhofft hatte, versanken im Ozean der enttäuschten Frauen. Während er anfing, zu schwitzen und der Schweiß sich auf seinem Gesicht, seinem Hals und seinem Oberkörper abzeichnete, kamen mir die Tränen. Doch auch das bemerkte er nicht, gefangen in seinem Ziel, den Höhepunkt zu erreichen.

Ich wusste nicht, wie lange es dauern würde, wie ich mich zu verhalten hatte. Also ließ ich es einfach geschehen. Plötzlich schmetterte er ein tiefes, lang gezogenes Stöhnen heraus, als hätte ein Masseur einen besonderen Punkt am Körper getroffen. Er hielt inne, sein Körper verkrampfte sich und fiel wie ein Kartenhaus in sich zusammen. Vollständig nass lag er auf mir.

Als er aufstand, ins Bad ging und ich mit von seinem Schweiß nassen Oberkörper im Bett zurückgelassen wurde, verspürte ich Ekel, weinte, wollte nur noch unter die Dusche springen und das Gefühl der Wertlosigkeit abwaschen.

Nach dieser Hochzeitsnacht änderte sich abrupt sein Verhalten.

Mehmet redete in der Regel nicht viel, war auch nicht unternehmungsfreudig, bemühte sich nicht mehr, eine Ausbildung zu absolvieren, mit der Begründung, dass sich das finanziell nicht lohne. Zwischendurch hatte er einen

Teilzeitjob als Security bei Hiphopkonzerten. Und den Rest der Zeit schlug er mit Playstation und Netflix tot.

Falls wir uns mal unterhielten, wurde er schnell aggressiv, vor allem, wenn irgendwas nicht passte. Ich war froh, sofern es nur bei Beleidigungen blieb. Meistens sagte er auf Türkisch so etwas wie »Halt deine Klappe« und »Habe ich gesagt, dass du reden sollst?« Aus Angst verstummte ich sofort. Er zwang mich, meine Accounts in sozialen Netzwerken zu löschen. Für ihn hatte ich dort nichts zu suchen.

Es waren finstere sieben Jahre, die ich erlebte.

Gerichtsakte Nummer 45567, Beweismittel 5 / Video mit Ton / identifiziert als Noah Larus / Video wird erstmals im Gericht vorgespielt. Ein Jahr nach seinem Tod.

»Was viele nicht wissen: Meine Kindheit war schrecklich, sehr schrecklich sogar.
Die einzige Person, die mir damals Halt und Kraft gab, war Ela. Aber unsere Liebe hatte keine Chance, keine Zukunft. Und als ich wegziehen musste, zerbrach meine Welt.
Dann ist etwas Schreckliches passiert, was mein ganzes Leben veränderte.«

KAPITEL 7

Was ist Rassismus für dich?

Meine Nacht war etwas unruhig gewesen, weil ich ein wichtiges Bewerbungsgespräch in einem Supermarkt hatte. Ich wollte dort als Aushilfe oder Teilzeitkraft anfangen, um anschließend eine Ausbildung zu beginnen.

Ich meine, ich habe das Abi nicht gemacht, um auf ewig perspektivlose Arbeiten zu verrichten. Die Gedanken an das Gespräch verfolgten mich wie ein bellender Hund und ließen mich nur für paar Stunden schlafen.

Müde befreite ich mich langsam von meinem Pyjama, nahm meine Zahnbürste und drückte ein wenig Zahncreme aus der Tube.

Als ich mich im Spiegel betrachtete, sah ich nicht mehr dieses schlanke hübsche Mädchen, das ich mal gewesen war. Vor allem Hautunreinheiten machten mir Probleme.

Ich drehte mich zur Seite und zog meinen Bauch ein, hielt die Luft an. Enttäuscht ließ ich sie wieder raus und betrachtete den Speck, der sich während der vergangenen zwei Jahre um die Hüfte herum gebildet hatten.

Meine Beine waren ebenfalls breiter geworden. Ich ging nicht mehr zum Sport, weil Mehmet es nicht wollte, und so fühlte ich mich noch unwohler in meinem Körper.

Manchmal wünschte ich mir, ich hätte meine Periode niemals bekommen.

Mit der ersten Blutung hatte ich das Gefühl, dass man mir als junger Frau plötzlich eine Menge Aufgaben auf die Schultern gelegt hatte. Auf einmal schrieben mir meine Eltern und meine Kultur ganz präzise vor, wie ich mich als Dame zu verhalten hatte. Als mein Körper immer weiblicher wurde, achteten sie ganz genau darauf, wie ich mich kleidete und mit wem ich meine Zeit verbrachte.

Ich wurde zur Hausfrau ernannt, als wollten meine Eltern mich zu einer ehrbaren Frau machen.

Meiner Mutter im Haushalt zu helfen, bedeutete, so meine Annahme, ich würde als Mädchen reifen, und würde Spaß machen, aber da hatte ich mich getäuscht. Besonders mein Vater behandelte mich wie seine persönliche Butlerin. Er duldete nicht, dass ich am Laptop saß und mir Zeit für mich selber nahm.

Wenn es nicht zwingend um Schulangelegenheiten ging, hatte ich gefälligst zu putzen, zu kochen und Wäsche zu waschen.

Am Anfang tat ich es noch, um meiner Mutter zu beweisen, dass ich dazu fähig war, eine gute Frau zu werden, aber irgendwann litt ich unter diesem Druck und das Gefühl *Ich bin als Frau nicht gut genug* entwickelte sich in mir.

Während andere Mädels mit 16, 17, 18 Jahren an ungewöhnlichen Orten das Leben genossen, ihre ersten Erfahrungen sammelten, war ich dazu verdammt, meinen Eltern zu gehorchen.

Das kleine Mädchen, das so viel gelacht und sich so wenig Gedanken über die Zukunft gemacht hatte, wurde zu einer jungen Frau, die vergessen hatte, wie es sich anfühlte, echt zu sein.

Der Geruch von Kaffee stieg mir in die Nase, als ich den Personalraum betrat. Ein älterer Mann um die vierzig mit etwas mehr Bauch und einer kahlen Stelle auf dem Kopf lächelte mich an.

Eine junge Frau, vielleicht die stellvertretende Filialleiterin, warf mir einen kurzen, überraschten Blick zu und bat mich freundlich, Platz zu nehmen. Auf dem Tisch befanden sich meine Bewerbungsunterlagen in einem grünen Umschlag, ein Kugelschreiber, eine Kaffeetasse und ein Glas Wasser.

»Danke, dass Sie gekommen sind«, sagte der Mann, räusperte sich und bot mir Wasser an.

Ich lehnte ab und hatte direkt die Stimme von Elif im Kopf:

»Bist du dumm? Nimm alles an, was sie dir anbieten. Du musst es ja nicht trinken oder essen.«

Okay, die erste Regel hatte ich schon vermasselt.

Um ehrlich zu sein, war ich schon etwas nervös, während der Herr die Mappe an sich nahm und sie langsam öffnete.

Dass ich es überhaupt bis zum Bewerbungsgespräch geschafft habe, war ein kleines Wunder. 32 Bewerbungen als Aushilfskraft hatte ich an Drogerien, Elektro- und Schmuckgeschäfte, Supermärkte und sogar Bäckereien verschickt und nur eine einzige Einladung zu einem persönlichen Gespräch erhalten. Der Grund war wohl, dass ich die letzten zwei ohne Passfoto abgesandt hatte, eine davon an diese Supermarktfiliale hier in Berlin-Mitte. Gerade mal 20 Minuten Zugfahrt von meinem Zuhause aus, was für mich perfekt gewesen wäre.

Ich hatte versucht, so auszusehen, wie ich dachte, dass eine Bewerberin wahrscheinlich aussehen sollte.

Dunkelblaue Hose, weiße Bluse, die bis zum Hals geschlossen war, ein dunkelblaues Jackett und mein weißes Kopftuch, das meine Haare verdeckte.

Während der Mann in meine Bewerbungsunterlagen versunken war, sah ich mich angespannt um. An den Wänden hing ein Sideboard mit Zahlen. Einige Sprüche und Zitate, die die Mitarbeiter wohl motivieren sollten, waren zu erkennen. Der Chef räusperte sich, und ich zuckte leicht zusammen.

»Frau Yilmaz, Ihre Noten sind sehr gut. Zum ersten Mal

habe ich eine Bewerberin vor mir sitzen, die ein Einser Abitur-Zeugnis geschafft hat. Ihr Wunsch ist es, wie ich hier lese, BWL an der Humboldt Universität zu studieren, nicht wahr?« Ich lächelte und bestätigte es.

Der Mann schaute kurz zu der Frau, die ihm leicht zunickte, und fuhr fort. »Konnten Sie schon Erfahrungen in einem Supermarkt sammeln?«

»Nein«, sagte ich und fügte schnell hinzu, als würde Elif mir die Worte zuflüstern: »Ich lerne schnell und habe wirklich Lust, zu arbeiten.«

Der Mann räusperte sich erneut. »Sie werden auch an der Kasse sitzen müssen. Das wissen Sie, oder?«

»Das gehört ja dazu«, entgegnete ich und schenkte ihm ein Lächeln, das er nicht erwiderte.

Die junge Dame, die meiner Meinung nach ganz hübsch aussah, schaute mich jetzt intensiver an. Und ihr Gesichtsausdruck zeigte nichts Positives.

»Frau Yilmaz.« Sie nahm jetzt das Ruder an sich »Wir haben in unserer kleinen Filiale sehr viele deutsche Stammkunden, und das Optische spielt neben den Noten natürlich auch eine große Rolle.« Sie machte eine kurze Pause und musterte mich, als ob sie jetzt eine Antwort erwartete.

»Ja. Ich werde immer aufpassen, dass ich gepflegt zur Arbeit erscheine«, sagte ich ihr.

Sie schaute verlegen zum Chef.

Der Mann ergriff erneut das Wort: »Sie will damit sagen, dass der Islam aktuell nicht den besten Ruf hat. Verstehen Sie mich nicht falsch. Hier arbeiten schon Moslems.« Er blickte zu der Frau, als erbitte er sich Bestätigung, und kassierte ein Nicken. Ich war verwirrt.

»Wir würden Sie sofort einstellen, aber mit dem Kopftuch könnten Sie den einen oder anderen älteren Kunden – Wie soll ich es formulieren? – verunsichern.«

»Oder verwirren, verwirren, würde ich sagen«, ergänzte die Frau, und beide schauten sich an, als hätten sie eine schwierige Matheaufgabe gemeinsam gelöst.

Als ich langsam verstand, worum es hier ging und mein Gesichtsausdruck sich dementsprechend änderte, fügte der Chef schnell hinzu: »Ich bin kein Rassist oder so, ich habe sogar am, ähm... Wie heißt nochmal dieses muslimische Fest?«

»Ramadaaha«, sagte die junge Frau.« Genau, Ramadin oder so ähnlich.« Er räusperte sich. »Da habe ich sogar Einige von denen beten lassen.« Er blickte mich an, mit einer Mimik, als habe er ganz Afrika vor dem Hunger gerettet.

»Ich verstehe nicht ganz, was... ähm, was soll ich tun?«, fragte ich, immer noch verunsichert.

»Wenn Sie ohne Kopftuch arbeiten, dann werden Sie sofort eingestellt«, sagte die Frau. Fassungslos schaute ich die beiden an.

Das war ein Schlag in die Magengrube.

Sie hatten das ausgesprochen, was ich schon lange angenommen hatte: Das Kopftuch war das Problem und nicht ich als Mensch. Aber ich war dieser Mensch, und das Kopftuch war ich.

Ich war bemüht, meine Emotionen unter Kontrolle zu halten, aber es fiel mir nicht leicht. Meine Traurigkeit zeichnete sich immer sofort auf meinem Gesicht ab, sodass jeder direkt mitbekam, wie ich mich fühlte.

Die Enttäuschungen des Lebens fingen wieder an, für mich zu arbeiten.

Ich weiß, ich hätte eigentlich wütend werden, aufstehen und meine Meinung sagen, ihnen Diskriminierung vorwerfen sollen. Ich fühlte mich aber in dieser Sekunde einfach so unglaublich verletzt, dass mir all die Wörter und Sätze, die mir in den Sinn kamen, im Hals stecken blieben.

Meine Augen wurden nass, und ich hatte das Gefühl, keine Luft zu bekommen.

Der Mann legte die Mappe weg. »Wir wollten Sie nicht verletzten, nur ehrlich sein.«

Ich sah ihn an. »Danke für Ihre Ehrlichkeit. Das weiß ich zu schätzen.«

Ich stand auf und verließ ohne Verabschiedung und ohne einen letzten Blick zurück niedergeschlagen den Raum.

Draußen auf den Gehweg angekommen, konnte ich meine Tränen nicht länger zurückhalten. Sie verließen meine Augen und kullerten meine Wangen hinab.

Ich versuchte, sie vor entgegenkommenden Passanten zu verstecken und wischte sie immer wieder von meinem Gesicht.

In einer schmalen Gasse, in der weit und breit niemand

zu sehen war, lehnte ich mich an eine Wand und ließ ihnen freien Lauf.

Ich schämte mich für meine Verletzlichkeit. Früher war ich nicht so gewesen.

Elif und ich hatten uns gegenseitig darin bestärkt, nie zu weinen, und wenn es doch passiert war, dann nur in sehr schmerzlichen Situationen. Wir waren zwei Mädels gewesen, die ihre Gefühle immer sehr gut hatten kontrollieren können. Aber nun war ich einer dieser Menschen geworden, die sich als emotional sehr schwach bezeichnen ließen. Lieber weinte ich heimlich, als mich zu erheben und die Ungerechtigkeit um mich herum anzuprangern.

Mein Handy vibrierte.

Ich wischte die letzten Tränen weg und ging ans Telefon.

»Hi.«

»Schatz, ich bin kurz bei Zara gewesen. Bin in zwei Minuten bei dir. Ich schwöre dir, ich bin so am Schwitzen, als hätte ich bei denen geklaut. Na ja, der Security-Mann hätte mich gerne untersuchen können, hätte nichts dagegen gehabt«, kicherte Elif.

Meine Eltern mochten sie nicht.

Besonders mein Vater, der sie als »Nachwuchs-Schlampe« betitelte und dachte, dass sie mich damals dazu gebracht habe, mich mit Noah zu treffen, verachtete sie.

Ich fragte mich sehr oft, warum ausgerechnet wir Freunde geworden waren. Klar, wir hatten gemeinsam für Instagram Bilder gemacht und Kleidung geliebt. Aber ich war trotzdem ein zurückhaltender, schüchterner und mittelmäßig aussehender Teenager gewesen, der gerne Bücher las und Orchestermusik hörte. Als wir uns kennengelernt hatten, war mein Augenmerk auf Deutsch, Mathe, Physik und vor allem Bücher gerichtet, was sehr eigenartig für eine Jugendliche in unserer Gegend gewesen war. Seit meiner Pubertät hatte ich ein Kopftuch getragen. Das komplette Gegenteil von Elif, die eine schöne, schlanke Figur hatte, schöne, seidenlange, schwarze Haare. Volle Lippen, dichte Augenbrauen, dunkle, geheimnisvolle Augen, zarte Gesichtszüge und anscheinend kaum Pickel.

Sie kleidete sich im Kontrast zu mir sehr offen, hörte gerne Shirin David, die ich persönlich hasste, und akzeptierte Religion höchstens, praktizierte sie aber nicht.

Und doch waren wir beste Freunde geworden.

Sie kam zwei Minuten später um die Ecke geschossen, mit mehreren Zara-Tüten in der Hand.

»Sorry, Schatz, bei Zara war Sale des Grauens. Muss auf Insta auf jeden Fall einige Storys posten.« Sie hatte knapp 200K Follower und verwandelte sich zu einer wahrhaftigen Influencerin.

Nachdem sie meine Tränen erkannt hatte, fragte sie mit besorgter Stimme, was passiert sei.

»Sie wollen keine Frau mit Kopftuch«

Unter den besorgten Blicken von Elif schluchzte ich.

»Diese Hurensöhne!«, schimpfte sie.

»Ich schwöre auf meine Mutter, lass uns auf Instagram ein Video machen und diesen Bastardladen hopsnehmen.«

»Ist schon okay.« Ich hatte mich wieder beruhigt.

Sie atmete aggressiv ein und wieder aus.

»Es ist okay? Ela, du kannst nicht immer alles so locker nehmen. Manchmal muss man auch diese Leute ficken!«

Elif sprach in einer vulgären Weise, die viele abschreckte.

Im Ausdruck der Entschlossenheit, in dem Klang, mit dem sie sich zwang, laut zu werden, wenn ihr etwas nicht passte. Die schnell nach einer Strategie suchte, wie man sich rächen kann, als fürchtete sie, wenn sie es nicht tat, ihr stolz verkauft zu haben. Schimpfwörter waren für sie ein gutes Mittel, um wenigstens Rachegelüste zu befriedigen, wenn schon keine Gerechtigkeit zu erreichen war. Ich hingegen sprach stets ein korrektes Deutsch ohne Kraftausdrücke und ohne Jugendslang.

Ihre Ausraster ließen mich schmunzeln.

»Danke Elif«, sagte ich ihr.

»Danke wofür?«

»Ich fühle mich wieder besser.«

»Tut mir echt leid, du wirst schon was finden.«

»In schā' Allāh.«

»Oder ich besorg dir einen Job in einer Bar und du kannst etwas Alkohol ausschenken«, grinste sie.

»Astaghfirullah«, sagte ich, was ungefähr »Oh Allah, vergib mir« heißt.

Das sagte ich immer wieder, wenn mir Elif irgendwelche dämonischen Gedanken einpflanzen wollte.

Im Bus mit ihr versank ich in Gedanken und dachte über das Bewerbungsgespräch nach.

Es bedeutete eine bittere Erfahrung für mich, dass der Grund, keinen Job zu erhalten, ein wesentlicher Teil meiner Religion war.

»Alles gut?«, fragte mich Elif mit Smartphone in der Hand.

»Ja.« Ich schenkte ihr ein gekünsteltes Lächeln, um sie zu beruhigen.

»Ich habe mich übrigens bei Tinder angemeldet«, sagte sie zusammenhanglos.

»Tinder? Warum das denn?«

»Weil ich dadurch einige Leute auf meine Insta-Seite lotsen möchte.«

»Findest du das richtig? Habe gehört, es gibt da viele verrückte Typen.«

»Ja, aber es gibt auch echt coole. Ich treffe mich jedoch nicht mit denen.«

Sie hielt kurz inne, schaute mir in die Augen und fuhr fort.

»Das wäre auch was für dich.«

»Für mich?« Ich war überrascht.

»Ja.«

»Elif, ich trage ein Kopftuch. Was hat ein Mädchen wie ich da zu suchen, und außerdem: Hast du vergessen, dass ich verheiratet bin?«

»Du weißt gar nicht, wie viele Kopftuch tragende Frauen auf irgendwelchen Datingseiten angemeldet sind.«

Ich überlegte kurz, schaute aus dem Fenster, schaute sie an und überlegte wieder.

»Schatz, bevor dein Vater dich mit irgendeinem Bauer verheiratet hat, warst du eine fröhliche, glückliche Frau. Dieser Bastard verdient dich nicht. Du liebst ihn nicht einmal.«

Sie hatte das Wort »schön« vergessen. Schöne Frau.

»Trotzdem ist es ist nicht richtig, Elif. Das weißt du auch.«

»Wenn du meinst.« Sie schaltete das Display ihres Handys an.

»Ach ja, ich habe eine Überraschung.«

Sie strahlte über beide Ohren.

Ich schaute sie fragend an.

Sie kramte in ihrer Tasche und holte einen Brief hervor.

»Was ist das?«

»Rate mal«

»Weiß ich ehrlich nicht, Elif.«

»Das ist meine Zulassung für die Humboldt Universität.«

Sie lächelte.

Mehrere Sekunden sagte ich gar nichts, denn ich spürte Verbitterung.

Elif wurde mit all den schönen Dingen beschenkt, die man schenken kann, angefangen mit ihrer Schönheit bis hin zu ihrem Erfolg.

Diese Ungerechtigkeit fühlte sich so bitter an.

Der Wunsch, sie möge auch mal an etwas scheitern, zum Beispiel in ihren Beziehungen, setzte sich irgendwo in mir fest. Ich versuchte, ihn zu verdrängen, aber er verschwand einfach nicht.

»Freust du dich nicht für mich?«, fragte sie, da ich immer noch keine Antwort gegeben hatte.

Ich verspürte große Unruhe. Also merkte ich schnell an, dass ich mich sehr freue und fest daran glaube, dass sie es schaffen werde.

In Berlin-Mitte fragte sie mich, ob ich nicht Lust hätte, mit Lena und Laura in ein Café zu gehen. Sie würde uns alle zur Feier des Tages gerne einladen. Aber ich lehnte ab, sagte ihr, dass meine Laune wegen der Bewerbung im Keller sei, ich ihr den Tag nicht versauen wolle und außerdem mit Mehmet bei meinen Eltern eingeladen sei.

Sie seufzte und wir verabschiedeten uns voneinander.

Ich war in dieser Minute so unglücklich, dass ich mir wünschte, irgendwas Schlimmes würde mir zustoßen, etwas, das mich für meine Gedanken über Elif bestrafte und mich von diesem Leben befreite. Ich lief durch Berlin-Mitte. Menschen mit Maske und ohne Maske kamen mir entgegen.

Die Temperatur fiel auf 21 Grad, was deutlich angenehmer war als 25. Ich machte mich auf den Weg nach Hause.

Wie wäre es wohl, ohne Kopftuch und ohne Ehemann leben zu können?

Was musste ich ändern, um glücklich zu werden, mich in dieser Stadt, in diesem Land als willkommen zu sehen?

Meine Herkunft? Meine Religion? Würde ich damit endlich durch das Leben gehen können, ohne den Druck zu verspüren, alles richtig machen zu müssen, den Hass und die Wut der Bürger gegenüber dem Islam nicht mehr zu spüren, endlich die Herrlichkeit dieses Landes genießen ui können, wie die Deutschen es taten?

Ich saß mit Mehmet in einem Auto, das er sich von seinem Kollegen ausgeliehen hatte, auf dem Weg zu meinen Eltern, die uns zum Essen eingeladen hatten. Ich zog eine weite weiße Hose sowie eine hellblaue Bluse an und bedeckte meine Haare mit einem weißen Tuch.

Aus dem Fenster blickend, beobachtete ich, wie die Häuser an uns vorbeizogen.

Wir redeten eigentlich sehr wenig miteinander. Deshalb war ich überrascht, als Mehmet mich aus dem Nichts fragte, wie mein Bewerbungsgespräch verlaufen sei. Ich log und sagte, sie würden mir bald eine Antwort geben. Er senkte seine Stimme und entgegnete, dass er eventuell als Lagerarbeiter eingestellt und vielleicht schon in der kommenden Woche ein Bewerbungsgespräch haben werde.

Obwohl ich von seiner Motivation in Sachen Jobsuche nicht viel hielt, beruhigte es mich. Vielleicht sollte ich eine gewisse Bindung zu ihm zulassen. Immerhin war er doch mein Mann. Vielleicht sollten wir einfach mehr miteinander reden. Auch mal etwas unternehmen. Aber seine Lustlosigkeit, die Welt zu entdecken, Dinge zu wagen, erwies sich zunehmend als ein Problem in unserer jungen Ehe. Zwischen uns stand eine Mauer, die ich Stück für Stück errichtet hatte und die all die Hoffnung, ihn doch noch lieben zu können, zunichte machte. Ich sah in ihm nur noch einen Versager.

Wie kamen um 18 abends an.

Mehmet fuhr auf die Zufahrt zum Haus meiner Eltern.

Sie hatten es zehn Jahre zuvor gekauft. In der Einfahrt stand ihr neu aussehender Opel.

Meine Schwester öffnete die Haustür und grüßte uns herzlich. Sie hatte sich zum Ärger meines Vaters gegen ein Kopftuch entschieden. Heute trug sie ein dunkelgrünes Kleid, das an den Waden endete. Sie war schlank. Ihre schwarzen Haare fielen ihr über die Schultern, und sie strahlte über beide Ohren, als sie mich sah. Mit ihren 16 Jahren wirkte sie sehr reif, und vor allem wurde sie von Tag zu Tag hübscher.

Tatsächlich hatte sie mich mit ihrer Größe bereits überholt. »Komm, Ela. Ich zeig dir meine neuen Klamotten und du hilfst mir beim Kombinieren.« Sie zog mich an der Hand, während sie Mehmet komplett ignorierte, der beleidigt wegsah.

Wir traten in den Flur ein.

Meine Mutter hatte einen Tag zuvor die Wohnung geputzt, eingekauft und so viel gekocht, dass sie damit drei Familien satt bekommen hätte, wie ich bei einem Blick auf den Herd feststellte.

Im Wohnzimmer saßen mein Vater und mein Cousin, sorgfältig gekleidet, sorgfältig rasiert und mein Papa mit der typischen Strenge in seinem Blick und in seinen ruhigen Bewegungen.

Mehmet gesellte sich zu ihnen. Ich grüßte kurz und ging zu meiner Schwester und meiner Mutter in die Küche. Zu meiner Überraschung war auch meine Tante Gönül gekommen. Eine 45-jährige Frau mit Kopftuch.

In den Mund- und Augenwinkeln hatte sie deutliche Falten.

Obwohl sie 45 Jahre alt war, kam sie mir älter vor, wie eine 55-Jährige, aber sowas hätte ich ihr niemals gesagt.

Meine Mutter sah mich an, und ihre hellbraunen Augen leuchteten vor Freude. Sie kam zu mir, gab mir einen Kuss auf die Wange.

Ihr war es eine Zeit lang nicht gut gegangen. Sie hatte Kreislaufprobleme gehabt, und der Arzt hatte ihr empfohlen, weniger Fleisch zu essen, stattdessen mehr Gemüse und Früchte zu sich zu nehmen. Nachdem sie den Ratschlag angenommen hatte, fühlte sie sich wieder stark genug, um einkaufen zu gehen und sich intensiver um den Haushalt zu kümmern. Seit ich verheiratet war, hatte die Mutter-Tochter-Beziehung ein wenig gelitten.

Früher hatte ich ihr alles erzählt, aber nach meiner Heirat hatten wir uns voneinander entfernt.

Vielleicht, weil ich sehr enttäuscht von ihr gewesen war, das Gefühl gehabt hatte, sie habe mich in Stich gelassen, zumal ich ihr erzählt hatte, wie unglücklich ich mit Mehmet war.

Sie sah müde aus. Wahrscheinlich war sie wieder sehr früh aufgestanden, um die frischesten und besten Zutaten kaufen zu können.

»Du hast aber zugenommen«, sagte meine Tante Gönül.

Ich erwiderte, dass ich wegen der Tätigkeit in der Metzgerei viel mehr äße als üblich.

Sie hob die Hand, als wollte sie jemanden ermahnen, und

sagte auf Türkisch: »Hab ich doch gewusst. Dieser Job, ist nichts für Frauen.«

Ich zog eine Augenbraue hoch.

»Das können Frauen genauso gut wie Männer.«

»Meinst du?«, fragte meine Mutter.

Sie war skeptisch.

Ich blieb dabei, schilderte ihr meinen Arbeitsalltag.

»Ist das auch der Grund dafür, dass du immer noch nicht schwanger bist?«, ergriff meine Tante wieder das Wort, als meine Schwester im Wohnzimmer für die Männer Tee servierte. Ich schaute verlegen weg.

»Was ist denn los? Seid du und dein Mann beim Sex in Rente gegangen?« Beschämt und seufzend sagte ich ihr, dass wir uns erstmal darum kümmern müssten, einen Job für ihn zu finden, der eine Familie ernähren könne.

Meine Tante erklärte, dass ein Kind trotz der finanziellen Probleme ein Segen wäre und es für eine türkische Ehe, vor allem eine muslimische, schon sehr ungewöhnlich sei, sieben Jahre zusammen zu sein und nicht schwanger zu werden. Sie sprechen zu hören, wurde für mich unerträglich.

Ich beschränkte mich auf ein schwaches Lächeln, um höflich zu bleiben, während ich meiner Mutter dabei half, die Baklava vorzubereiten.

Meine Tante und sie waren Hausfrauen durch und durch.

Hatten sich dem Leben als Putzkraft und Köchin mit Leib und Seele zugewendet. Es war für solche Frauen kein Problem, morgens rechtzeitig aufzustehen, die Wäsche zu waschen, die Kinder zu wecken, sie in die Schule zu bringen, einzukaufen, die Kinder von der Schule zu holen, zwischendurch ihre bevorzugten türkischen Serien anzuschauen und das Mittagsessen vorzubereiten.

Ich war in ihren Augen wahrscheinlich eine unfähige Ehefrau, unfähig, meinen Mann richtig zu befriedigen, unfähig, Mutter zu werden. Viele türkische Rezepte beherrschte ich nicht perfekt, und ich gab mir auch nicht sonderlich viel Mühe, diese zu lernen.

Jedes Mal war ich von meiner Mutter kritisiert worden, wenn sie mir etwas hatte beibringen wollen, ich ein Gewürz vergessen oder das Fleisch zu lange gebraten hatte. Sie hatte mich angebrüllt und gesagt, wenn einem Mann das Essen seiner Frau nicht schmecke, werde ihm auch die Ehe nicht schmecken. Mein Ehemann werde mich schneller verlassen, als ich bis Drei zählen könne, wenn ich keine gute Hausfrau sei.

Anfangs hatte ich ihr das übel genommen. Nach der Heirat war unser Verhältnis sowieso schon abgekühlt gewesen, und ihre Beschimpfungen verschlechterten es noch mehr. Irgendwann hatte ich wütend die Kochlektionen meiner Mutter abgebrochen, weil die Beleidigungen unerträglich geworden waren. Ich hatte wütend gesagt: »Was muss eigentlich ein Mann zu einer Ehe beitragen, außer bekocht und befriedigt zu werden, und sich eine halbe Stunde mit den Kindern zu beschäftigen?«

Sie schaute mich an, als hätte ich die Vergewaltigung an Frauen für richtig erklärt.

Diesmal allerdings hatte sie, womöglich wegen der Wut in meiner Stimme, ruhiger, als ich erwartet hatte, geantwortet: »Dein Mann geht das Geld verdienen. Er hat einen Job.«

Ich hatte geschwiegen und diese Antwort als sehr unfair empfunden. War Hausfrau zu sein kein Job?

Am Tisch saßen meine Eltern, mein Cousin, meine Tante, meine Schwester und ich. Der Fernseher war angeschaltet, sodass meine Schwester beim Essen immer wieder einen Blick auf den Bildschirm warf.

Während Dilara pausenlos redete, als würde sie zum Kreis der Mütter gehören, spähte ich zu Mehmet, der zwischen meinem Vater und meinem Cousin saß und von beiden belagert wurde.

Meine Mutter erwischte mich dabei, wie ich nachdenklich in den Pommes auf meinem Teller herumstocherte. Sie fragte mich auf Türkisch, ob alles in Ordnung sei.

Ich nickte ihr zu.

Ich spürte den Blick von Mehmet, antwortete schnell, dass ich nur müde von der Arbeit sei und platzierte ein wenig türkische Pizza neben meinen Pommes auf den Teller.

»Ich habe bald eine Bewerbungsgespräch«, sagte Mehmet stolz.

»Oh, das ist sehr gut«, erwiderte meine Mutter.

»Das würde ausreichen, sodass Ela, nicht mehr arbeiten

müsste?«, fragte mein Vater auf Türkisch und schob sich ein Stück Pizza in den Mund.

»Ja, das würde es bestimmt.«

»Dann können wir uns ja bald auf Enkelkinder freuen«, ergänzte meine Tante.

Ich wurde wütend.

»Ja, immerhin warten wir jetzt sieben Jahre.«

Dilara lachte. Ich kann dir aber nicht sagen, ob es wegen uns oder wegen der Serie war, die sie mitverfolgte.

»Im Moment bin ja ich ja der Versorger der Familie; da kann ich es mir nicht leisten, schwanger zu werden«, sagte ich und eine unheimliche Stille trat ein.

Aus den Augenwinkeln sah ich, dass Dilara aufgehört hatte, mit meiner Tante und meiner Mutter zu reden. Mein Vater warf mir einen ungläubigen Blick zu, die Stirn gerunzelt. Ich las den Schock in ihren Gesichtern.

Innerhalb von paar Sekunden wandelte sich Mehmets Gesichtsausdruck ins Negative.

Später, als wir auf dem Weg nach Hause waren, sagte er keinen Ton. Eine unangenehme Atmosphäre bildete sich im Auto. Später erfuhr ich, dass mein eigener Cousin, 28 Jahre alt, ihm erklärt hatte, Frauen wie mich müsse man in die Knie zwingen. Durch den europäischen Einfluss würden wir immer frecher und dächten, wir könnten den Mund weit aufmachen. Er dürfe keine Schwäche zeigen.

Als wir ankamen, knallte er die Wohnungstür zu und zog sich ins Schlafzimmer zurück. Ich hatte furchtbare Angst. Mir war klar, dass ich diesen Satz niemals hätte sagen sollen, dass ich ihn damit gekränkt, ja fast schon gedemütigt hatte. Ich war bereit, um Verzeihung zu bitten.

Er kam aus dem Zimmer und hatte ein schwaches Lächeln auf den Lippen, was mich verstörte.

»War das dein Plan?«, fragte er mit zusammengebissenen Zähnen.

Ich schaute ihn nervös an.

»Was für ein Plan?«

»Mich vor deiner Familie zu blamieren?«

»Ich gehe lieber duschen, okay?«

»Du gehst nirgendwohin. Hast du kapiert?«, brüllte er mich an.

Ich blieb stehen.

»Du solltest lieber froh sein, dass ich dich geheiratet habe. Du wirst immer breiter, und trotzdem bleibe ich bei dir.« Mir wurde schlecht.

»Und als Dank willst du mich vor deiner Familie bloßstellen?«

Ich sagte nichts, zitterte am ganzen Körper.

»Beim nächsten Mal wirst du deine Zunge zügeln. Sonst werde ich dich vor ihnen kaputt schlagen.«

Aufbrausend und mit Tränen im Gesicht sagte ich schließlich:

»Dann sei endlich ein Mann, statt den ganzen Tag mit der Playstation und in Wettbüros zu verbringen.«

Ich bereute sofort, diese Worte ausgesprochen zu haben– manchmal siegte die Wut eben über die Achtsamkeit.

Mehmet schlug mir unerwartet mit aller Härte ins Gesicht. Der erste Schlag fühlte sich an, als ob ich mit voller Wucht gegen eine Wand gelaufen war und erstmal benommen einige Schritte nach hinten wankte.

Ich spürte einen metallischen Geschmack in meinem Mund. Blut. Es tropfte auf meine weiße Bluse. Als er näher kam, stieß ich ihn weg, sagte irgendwelche Sätze, befahl ihm, mich nicht anzufassen.

Er verlor den Verstand vollkommen, packte mich am Hals und schrie mich an:

»Ich soll dich in Ruhe lassen? Du willst in Ruhe gelassen werden?« Er drückte so sehr zu, dass ich anfing, zu würgen und mit meinen Händen kratzte, um mich zu befreien. Dabei fühlte ich mich so machtlos. Als ich schwächer wurde und fast das Bewusstsein verlor, ließ er endlich von mir ab.

»Beim nächsten Mal werde ich dir paar Kugeln verpassen, wenn du es noch einmal wagen solltest, so vor deiner Familie mit mir zu reden.«

Ich brach auf dem Boden zusammen, weinte, und das Blut, das aus meinem Mund kam, tropfte auf den Boden. Er verschwand im Bad.

Nachts lag ich neben ihm Bett.

Ich fühlte mich gebrochen und gedemütigt. An Schlafen war nicht zu denken. Aber irgendwann döste ich ein, benommen und gequält von all den Antworten, die ich mir selbst auf die Frage gab, warum ausgerechnet ich dieses Leben leben musste.

Irgendwann wachte ich auf, so gegen 4 Uhr morgens. Ich konnte vor Schmerzen nicht mehr schlafen. Also stand ich auf und ging in die Küche und schaltete das Licht an, bevor ich ein Glas aus dem Schrank nahm und mit Wasser füllte. Ich brach in Tränen aus, hielt mir aber den Mund zu, um das Heulen im Keim zu ersticken.

Kapitel 8

Was bedeutet Schicksal für dich?

Der Wiedersehen mit Noah fühlte sich zurückblickend wie eine Szene in einem billigen Liebesroman an, in dem der Autor zwanghaft versucht, die zwei Protagonisten in Kontakt treten zu lassen, damit die Geschichte endlich beginnen kann.

Ich setzte meine Maske auf, als ich am nächsten Tag die Moschee betrat. So konnte man wenigstens nicht die Verletzungen in meinem Gesicht sehen. Die Würgemerkmale hatte ich mit meinem Kopftuch verdeckt.

Heute war es zum Glück nicht so voll.

Ich grüßte einige Frauen und begab mich zu meiner Gebetswaschung, danach in den Saal. Im Anschluss an das Gebet sprach ich meistens noch mit einer oder zwei der

Anwesenden, meistens über dasselbe Thema – wie es unseren Männern, unseren Eltern und Geschwistern ging und wo der nächste Urlaub stattfinden würde.

Dann sagte eine der Frauen plötzlich, dass sie einen neu konvertierten Jungen in der Moschee hätten und sie das großartig finde. Er habe blonde Haare und blaue Augen.

Ich spitzte meine Ohren.

Sie erzählte, sein Name sei Noah und der Imam würde ihn uns gleich vorstellen. Ich stand unter der Maske mit offenem Mund da.

»Er heißt Noah?«

»Ja. Noah. Warum? Kennst du ihn?«

Ich verbarg das Aufbrausen meiner Gefühle vor ihnen und nickte, während die Erinnerungen an unsere Jugend mich überfluteten.

»Ja, wir gingen in dieselbe Schule.

»Oh, das ist schön. Dann kennt er wenigstens jemanden und fühlt sich vielleicht nicht so alleine«, sagte eine der Frauen. Es fühlte sich alles wie ein Traum an, als würde ich jede Sekunde aufstehen und bitterlich erkennen, dass es wieder nur eine dieser sehnsuchtsvollen Illusionen war.

Er war in mein Leben getreten und hatte mir das Gefühl gegeben, schön zu sein, wertvoll zu sein.

Und jetzt sollte ich nach sieben Jahren diesen Jungen wiedersehen, der zum Islam konvertiert war? In unserer Moschee?

Wenn er es wirklich sein sollte, hoffte ich nicht mehr,

sondern fürchtete, ihn zu sehen, zu sagen: »Hi Noah, lange nicht mehr gesehen.«

Ich fürchtete, er würde dieses lebensfrohe Mädchen, das er zurückgelassen hatte, nicht mehr erkennen.

Denn ich hatte vor Jahren meine Kraft, meinen Mut, zu träumen verloren, zugenommen, fühlte mich unwohl in meinem Körper, fürchtete mich vor der Zukunft.

Plötzlich tauchte der Imam auf und neben ihm Noah, aber er sah nicht zu mir, sondern grüßte einige Brüder.

Seine blonden, leicht lockigen Haare und seine blauen Augen kamen im Licht des Saales besonders gut zur Geltung.

Er war immer noch schlank, aber jetzt athletisch gebaut. Seine Kleidung bestand aus einer hellen Jeans, einem weißen Shirt und weißen Sneakers von Nike.

»Salam Alaikum, meine Schwestern«, grüßte uns der Imam. Wir grüßten mit einem »Alaikum Salam« zurück.

Mit einer langsamen Drehung drehte er sich zu uns. Als unsere Blicke sich trafen, blieb mein Herz vor Schreck fast stehen.

Keiner von uns beiden rührte sich.

Seine blauen Augen waren hart und kalt geworden, als hätte man all die Liebe, die er zu bieten gehabt hatte, herausgeholt.

Ich fragte mich in dieser Sekunde, ob es wirklich Noah war oder einer, der ihm nur ähnlich sah und zufällig so hieß. Er reagierte nicht, sagte nichts, bewegte sich nicht, woraus man ableiten konnte, dass er mich erkannt hatte.

Ich wandte meine Blicke von ihm ab, geschockt von diesem Anblick.

Wie hatte ich nur so dumm sein und ihn so intensiv mustern können? Aber diese blauen Augen hafteten an meinem Herzen.

Der Imam räusperte sich und sagte: »Das ist Noah. Er ist vor einem Jahr zum Islam konvertiert und möchte ab heute bei meinen Predigten dabei sein.«

»Mashallah« und »Ellhamduallah« ertönte es aus den Mündern der Frauen.

Mein Herz beschleunigte sich plötzlich, als würde ich in der Klasse vor einer wichtigen Prüfung stehen. Ich spielte das Ganze etwas herunter, indem ich meinen Blick wieder auf die Frauen richtete. In Wahrheit hatte ich Angst bekommen vor diesen Gefühlen, die in ein paar Sekunden in mir aufgekommen waren, ebenso vor den Erinnerungen an die Zeit vor sieben Jahren.

Er sagte »Salam Alaikum« zu uns. Ich bemerkte den Schmerz in seiner Stimme und war selbst ganz verstört, ihn zu sehen, ihn sprechen zu hören, diese Worte, als Muslim.

Ich spürte, wie mir vor emotionaler Belastung leicht schwindelig wurde und versuchte, die Kontrolle über meinen Körper, meine Emotionen zurückzuerlangen. Warum war er hier?

Der Imam verabschiedete sich. Noah warf ein »Auf Wiedersehen« in den Raum, ohne mich eines Blickes zu würdigen. Kurz bevor er die Tür zum Ausgang erreichte, fragte ich ihn stumm: »Was ist passiert, Noah? Was ist mit dir passiert?«

Gerichtsakte Nummer 45567, Beweismittel 5 / Video mit Ton / identifiziert als Noah Larus / Video wird erstmals im Gericht vorgespielt. Ein Jahr nach seinem Tod.

»Ich habe viel Schmerz und Leid gesehen. Ich erinnere mich an diesen einen Tag, da lag meine Mutter in der Badewanne. Ich zitterte am ganzen Körper, als ich sie sah.
Ich konnte damals weder weinen noch schreien, als ob die Emotionen in wenigen Sekunden eingefroren worden waren. Mein Vater hat es nie richtig verkraftet Und ich wusste auch, warum. Ihr Tod war kein Zufall. Jahre später schmiedete ich diesen Plan. Oh Ela, es tut weh, dass ich schuld an deinem Tod bin.«

KAPITEL 9

Was ist Hoffnung für dich?

Zwei Tage später ...

Ich war zwei Stunden früher gefahren, um nicht länger zu Hause bleiben zu müssen. Seit ich nicht mehr arbeitete, machte mir Mehmet immer mehr Angst. Ich fürchtete seine Reaktionen, wenn ich etwas Falsches sagte oder tat.

Als wir mal an in einem Supermarkt an der Kasse gestanden hatten, beispielsweise... Ich rekapitulierte die Szene:

Er legte sich eine Packung Zigaretten in den Einkaufswagen. Ich sagte, er solle daran denken, in der Küche bei offenem Fenster zu rauchen. Aus dem Nichts wurde er wütend, befahl mir, ich solle meine dumme Klappe halten.

Mit dem körperlichen Schmerz konnte ich inzwischen umgehen, aber die Erniedrigung, die ich als Frau erleben musste, fügte mir Wunden zu, die immer wieder geöffnet wurden, bis sich in meine Seele entzündet hatte.

Meine Mutter sagte, dass man sowas in der Ehe erdulden müsse. Männer könnten eben aufbrausend sein. Aber ich konnte das nicht. Ich spürte den Geschmack der Wertlosigkeit auf meiner Seele. Weißt du, was ich meine? Dabei war ich so voller Liebe gewesen.

Das Wetter hatte wohl mein Klagen mitbekommen und Mitleid mit mir. Es beschenkte mich heute mit Sonnenschein. Die Strahlen durchdrangen die Fensterscheibe des Zuges und küssten mein Gesicht und die Wunden auf meine Lippen und Wangen, die von Mehmets Schlägen herrührten.

Ich fühlte mich gebrochen, und meine Augen wurden feucht bei dem Gedanken, für immer gebrochen zu bleiben.

Der Zug öffnete bei der nächsten Station seine Türen. Drei Frauen und drei Männer in meinem Alter kamen herein. Sie lachten und kicherten. Ich beobachtete sie neugierig, sie hatten diese unbeschwerte Energie. Ich war so fasziniert von ihren Gesprächen, dass ich anfing, mir vorzustellen, ich säße bei ihnen. Mit meinen 25 Jahren hätte ich so gerne mitgeredet, ihnen von meinem Uni-Alltag erzählt und von meinem Freund, der mich gut behandelte, der mich liebte.

Ich schüttelte diese lächerliche Vorstellung weg.

Unzufrieden richtete ich meinen Blick wieder aus dem Fenster.

Meine Gedanken waren jetzt bei Noah. Ich fragte mich seit zwei Tagen, wie ich ihn ansprechen sollte, ob ich ihn überhaupt ansprechen sollte.

Vielleicht hatte er mich schon vergessen.

In der Bücherei, so hatte ich mir vorgenommen, würde ich neue Bücher aussuchen und die alten abgeben.

Ich war in letzter Zeit sehr oft in dieser Bücherei gewesen, der Geruch der Räume und der Bücher lösten in mir ein Gefühl der Geborgenheit, ein Bewusstsein meiner selbst aus.

Ich ging durch eine Tür in der dritten Etage. Sie führte in einen großen, hell erleuchteten Raum, an dessen Wänden Regale voller Bücher standen. Ich zählte ein Dutzend Gedichte und poetische Werke, nahm einige in die Hand, blätterte, stellte sie zurück.

Nachdem ich einige mich interessierenden gefunden hatte, setzte ich mich an einen leeren Tisch.

Dann tauchte plötzlich, als ob Allah mir einen Streich spielen wollte, ein blonder Mann auf. Ich erkannte ihn sofort. Es war der, der uns an der Moschee vorgestellt worden war, Noah. Mein Herz pochte. Wenn man nicht an das Schicksal glaubte, war diese Situation der lebende Beweis für dessen Kraft.

Er schaute sich um und suchte vermeintlich nach einem Buch.

Ich blickte auf, konnte meine Augen nicht von ihm abwenden. All meinen Mut zusammennehmend, sagte ich mit schwacher Stimme: »Noah?«

Er schaute mich an, mit einem Blick an, der mich ziemlich verunsicherte.

Als hätte ich etwas gesagt, das ihn sprachlos machte. Jedenfalls sagte mir das sein Gesichtsausdruck.

Ich war peinlich berührt, befürchtete, dass er vielleicht mein Gesicht gesehen hatte und schnell zu dem Entschluss gekommen war, sich lieber nicht neben mich zu setzen. Nach einer Weile lief er um den Tisch, ohne mir ein »Hallo« zu schenken, legte seine Tasche auf dem freien Stuhl ab und setzte sich.

Er schaute mich an. Ich schaute ihn an. Er sah erschrocken aus, als würde er nicht glauben, da ich hier war.

Ich erwartete ein »Hey, du bist doch Ela. Wie gehts, wie stehts? Wie es bis jetzt gelaufen in deinem Leben?« Aber nein, Noah fragte:

»Hast du es gelesen?«

»Wie bitte?«

»Das Buch in deiner Hand?«

Ich schaute zu meiner rechten Hand, als hätte ich vergessen, was ich aufgeschlagen hatte. Es war »Der Alchemist«.

»Ja. Natürlich.« Mein Herz klopfte schneller.

»Hast du es auch verstanden?«

»Wie meinst du das?«

»Na ja, viele lesen etwas, aber verstehen die Botschaft nicht.«

»Manches ja, Manches nein«, sagte ich mit einer gewissen Zurückhaltung. Ich fragte mich die ganze Zeit, ob er wusste, wer ich war, es aber nicht erwähnte oder mich wirklich nicht erkannte. Aber wenn er mich nicht erkannte, warum fragte er nicht, woher ich seinen Namen kannte?

Er hatte eine unglaublich intensive Stimme, die ich fast vergessen hatte. Sie klang wie Wasser, wenn es sanft den Fluss entlang floss, aber ab und zu gegen einen Felsen stieß.

Trotz seiner kalten Augen wurde mir der alte Noah gewahr.

»Man muss manche Bücher mehrmals lesen, um sie richtig verstehen zu können.« Sein Blick wanderte wieder zu seinen Büchern, als hätte er das Interesse daran verloren, sich mit mir zu unterhalten.

»Handbuch des Kriegers des Lichts« las ich auf dem Cover. Wir hatten immer noch denselben Geschmack. Sieben Jahre zuvor hatten wir ebenfalls hier in der Bücherei gesessen, verliebt und mit so vielen Ideen, Visionen und Träumen. Ich konnte immer noch nicht glauben, dass es sich wiederholte.

»Ich glaube, den Kernpunkt der Geschichte des Buches habe ich einigermaßen verstanden«, sagte ich schließlich.

»Das freut mich, so sollte es sein.«

Er sagte es in einer so entspannten und ruhigen Tonlage, dass ich immer verwirrter war.

Als nichts mehr von ihm kam, fragte ich: »Noah, erkennst du mich denn nicht wieder?«

Er zog eine Braue hoch. Offensichtlich hatte er bis dato wirklich nicht mehr gewusst, wer ich war.

Warum sollte er sich auch an mich erinnern?

Er hatte bestimmt, seit wir uns getrennt hatten, Beziehungen und One-Night-Stands mit Frauen gehabt, die ihm mehr gegeben hatten, als ich es jemals hatte tun können.

Er nickte, aber ohne mir einen Blick zu schenken.

»Ja, Ela. Doch ich wollte kein Gespräch anfangen. Was hätten die anderen bloß gedacht?«

Ich lächelte. Er hatte diesen Respekt, diesen Anstand, diese Vorsicht, die er mir immer wieder gezeigt hatte, nicht verloren.

»Bin froh, dich wiederzusehen«, sagte ich und schenkte ihm ein vorsichtiges Lächeln. Er umarmte meine Augen mit seinen, und ich fragte: »Hast du dein erstes Buch schon veröffentlicht?«

»Welches Buch?«

»Du wolltest ja damals ein Buch schreiben.«

Er lächelte nicht, zeigte kaum Emotionen.

»Na ja, ja... Ich erinnere mich, aber ich konnte es nicht realisieren.«

»Warum?« fragte ich direkt.

Er antwortete nicht darauf. »Wie es dir ergangen die letzten Jahre?«

Ich wollte ihm erzählen, dass ich jetzt verheiratet war und mein Mann mich nicht gut behandelte.

Stattdessen entgegnete ich:

»Na ja, ich tue mein Bestes, um zu leben.«

Er schaute mich verwirrt an. Schnell ergänzte ich:

»Ich hätte mir aber gut vorstellen können, dass du ein

Buch schreibst. Immerhin hast du jedes Buch kritisiert und gesagt »Wenn ich dies oder das schreiben würde, würde ich es ganz anders schreiben.«. Er hob die Schultern, und das war die erste richtige emotionale Reaktion, die ich von ihm wahrnahm. »Keine Lust und keine Ideen.«

Daraufhin drehte er seinen Kopf weg und widmete sich wieder seinem Buch. Als hätte ich nach einem Weg gefragt und sei weitergelaufen.

Ein paar Sekunden sagten wir beide nichts, und diese tiefe Verbundenheit, die wir als Teenager gehabt hatten, konnte ich wieder deutlich wahrnehmen.

»Warum bist du zum Islam konvertiert?«

Er seufzte leise.

»Hat mich interessiert, fand es schön«, sagte er nüchtern, die andere Frage wurde nicht beantwortet.

Er streckte seine Arme aus und legte vor meinen Augen ein Buch auf den Tisch.

»Das Cafè am Rande der Welt«, las ich.

»Hier. Lies es. Vielleicht sieht man sich in der Moschee wieder und du kannst mir den Kernpunkt dieser Geschichte erklären.«

Dann nahm er seelenruhig seine Tasche an sich und verließ den Tisch. Mein Blick folgte vorsichtig seinen Schritten, und dann war er weg. »Bye«, flüsterte ich, schaute auf das Buch und musste lächeln. Ich würde es heute Nacht noch lesen, um ihm sagen zu können, was der Kernpunkt dieser Geschichte war.

KAPITEL 10

Was bedeutet Seelenschmerz für dich?

Noah

Als Noah von dem Stuhl aufgestanden war, schenkte er Ela ein nervöses Lächeln und verließ den Platz. Danach ging er direkt auf die Toilette der Bücherei.

Seine rechte Hand zitterte, und er hatte das Gefühl, keine Luft zu bekommen.

Er drehte den Wasserhahn auf und hielt sein Kopf unter die kalte Flüssigkeit.

Das beruhigte sein Herz, und er konnte sich wieder sammeln. Als er wieder in den Spiegel sah, erkannte er die Angst, die sich in seinem Gesicht abzeichnete.

»Ela.«

Seit Jahren hatte er diesen Namen nicht mehr im Kopf

gehabt. Aber als er sie wiedergesehen hatte, war es wie ein Hammerschlag auf ihn niedergesaust.

Jetzt musste er die ganze Zeit an sie denken und an die Zeit, als sie Teenager gewesen waren. Sein Kopf fühlte sich schwer an.

Er wusste, dass der Kontakt zu Ela die ganze Sache noch komplizierter machte, als sie ohnehin schon war.

KAPITEL 11

Was bedeutet Sünde für dich?

Einen Tag danach kreisten meine Gedanken, während ich abends den Tisch für Mehmet und mich deckte, um diesen unvergesslichen Augenblick in der Bücherei.

In diesem Moment der emotionalen Achterbahnfahrt aus Freude und Trauer stellte ich mir vor, ich hätte diesen Jungen neu kennengelernt, ohne verheiratet zu sein. Ich würde diesmal die Kraft und den Mut mobilisieren, für uns zu kämpfen.

Ela und Noah, wir beide – mit der Zuneigung, die wir füreinander empfanden.

Die Liebe konnte uns Stärke verleihen und Zukunftsvisionen real werden lassen.

Mehmet war im Bad, um sich zu waschen, und kam kurze Zeit später ausgehbereit zurück. Er wollte mit seinen

Kollegen das Champions League Spiel Bayern gegen Real Madrid schauen.

Mit fröhlichem Gesichtsausdruck sagte er:

»Du musst nicht mehr arbeiten gehen.«

Ich verstand nicht gleich, was er meinte und schaute ihn fragend an.

»Ich habe den Job als Lagerarbeiter, und das sogar in Vollzeit.«

Er sagte es mit einer so guten Laune, dass mir schlecht wurde. Ich fragte mich, ob er die vergangenen Tage vergessen hatte, ob er nur so tat, als würde es all die Qualen, die er in meiner Seele und auf meiner Haut erzeugte, nicht wahrnehmen.

Was interessierten mich noch seine Arbeit, seine Erfolge?

Ich war froh, als er sagte, er habe keine Zeit für mich und würde mit Freunden etwas essen. Als er die Tür hinter sich geschlossen hatte, atmete ich erleichtert auf.

Ich ertrug es nicht, in seiner Nähe zu sein, fürchtete, von ihm berührt zu werden. Von ihm geküsst zu werden, fürchtete, dass er meinen Körper noch mehr in Brand legen konnte, bis ich mich in Asche verwandelte.

Mir wurde klar, dass ich nicht länger mit Mehmet zusammenleben konnte. Dass wir nicht weiter im selben Bett schlafen sollten.

Ich wollte es nicht, ich konnte es nicht mehr.

Ich werde mich von ihm trennen dachte ich, allein mit meinem Essen in der Küche sitzend.

Aber wohin sollte ich gehen?

Ich hatte keine Ausbildung, keinen Teilzeitjob mehr als Metzgerin.

Ich würde mich islamisch trennen, bürokratisch scheiden lassen müssen.

Und dann würden andere Unannehmlichkeiten auf mich zukommen.

Meine Eltern würden mich verstoßen, meine ganze Familie würde nicht mehr mit mir reden.

Mir wurde schlagartig klar, dass er mich niemals einfach so gehen lassen würde.

Er würde alles daran setzen, das zu verhindern. Dazu war er absolut fähig.

Ich hatte in den vergangenen zwei Jahren unserer Beziehung so viel geweint, dass ich mich immer wieder wunderte, nach jedem erneuten schmerzhaften Vorfall noch Tränen in mir vorfinden zu können.

Einmal hatte ich es meiner Mutter gegenüber erwähnt, die nur nüchtern gemeint hatte, dass der Schmerz vergehen werde, dass es mit der Zeit leichter werde und ich einfach auf meinen Mann hören solle, dann würde mir sowas nicht nochmal passieren.

Nichts wurde besser. Ich senkte meinen Kopf und schloss die Augen. Schließlich öffnete ich sie wieder und wischte beinahe wütend auf mich selbst eine Träne weg. Ich wollte nicht schon wieder anfangen zu heulen, nicht wegen dieses Mannes.

Dann klingelte plötzlich das Telefon. Es war Elif. Sie fragte mich, ob ich nicht Lust hätte, am Folgetag mit ihr und den anderen Mädels was trinken zu gehen. Sie habe ja Geburtstag. Peinlich berührt, weil ich es vergessen hatte, log ich, dass ich sie noch habe anrufen wollen, aber die Bewerbungen und der Stress mich bis jetzt daran gehindert hätten. Wir verabredeten uns für den nächsten Tag. Als ich aufgelegt hatte, fiel mir die Lektüre ein, die Noah mir nahegelegt hatte. Ich machte mich bettfertig, nahm das Buch zur Hand und las in einem Rutsch durch.

Es war das erste Mal in meinem Leben, dass mir jemand das Gefühl gab, schön zu sein, ohne dass ein Wort seinen Mund verließ. Seine Augen sprachen Bände. Wieder weinte ich und frage mich, warum mich selbst der Regen an ihn erinnerte.
Als ich bei dir war, habe ich vergessen, dass ich kaputt war.
Vertraute darauf, dass sich Gott mir zeigen würde mit seiner Liebe, mir den richtigen Weg weisen würde. Aber mir war bewusst, dass das Schicksal manchmal einen kleinen Schubs benötigte. Während die Liebe sich eine Auszeit nahm, wollte ich ihr genau dieses Impuls geben.

Am nächsten Tag stand ich wie immer um acht Uhr morgens auf und schloss mich im Bad ein. Mehmet war nicht zu Hause. Bestimmt hatte er bei einem Kollegen gepennt und würde später kommen. Ich duschte lange, trocknete mir sorgfältig die Haare und suchte mir im Schlafzimmer ein Kleid aus, für das ich schon des Öfteren Komplimente bekommen hatte. Ich schminkte mich diesmal etwas intensiver, damit man die leichten Blessuren in meinem Gesicht nicht sah.

So sehr ich mich auch bemühte, so zu tun, als ob mich auf das Treffen freute, ich tat es nicht.

Ich traf Elif in Berlin-Mitte. Sie hatte einen Jumpsuit an, der ihren Körper in sehr ansprechender Weise betonte.

Sie sah gut aus. Ihre Kleidung, ihre Tasche und die übrigen Accessoires waren perfekt aufeinander abgestimmt. Ich schaute sie an und begriff endgültig, dass Elif den Prototyp einer modernen, schönen jungen Frau verkörperte. Ihr Körper war kurvenreich geworden. Ihre großen schönen Augen, ihre perfekte Nase, ihre Wangenknochen, ihre Lippen und ihre Ohren, alles war so ideal proportioniert, dass ich spüren konnte, wie abermals Neid in mir hochkam – vor allem, weil mir schnell auffiel, dass ältere ebenso wie junge Männer sie betrachteten, als sei sie ein Star. Sie sahen in Elif mehr als eine Frau, sie sahen ihn ihr eine Schönheit.

Sie grüßte mich mit einem Küsschen und hakte sich bei mir unter. »Wir gehen in einem sehr schönen Café etwas trinken.« Brav nickte ich ihr zu. »Du siehst fantastisch aus«, sagte sie. Offensichtlich spürte sie, dass ich keine gute Laune hatte.

Mir war etwas kalt, obwohl milde 19 Grad herrschten und Elif sich dicht an mich geschmiegt hatte. Sie erzählte mir von ihren Vorbereitungen auf die Uni und davon, wie viele Wohnungen sie sich schon angeschaut hatte. Ich solle sie besuchen kommen, wenn sie eingezogen sei. Dann berichtete sie, sie habe auf Tinder einen Jungen kennengelernt. Eigentlich halte sie nicht von Dating-Apps, aber er sei einfach zu süß, und sie hätten sich getroffen. Er sei 31 und besitze einige Immobilien.

Allah schien Elif mehr zu mögen als ich. Das dachte ich insgeheim noch immer. Zwar lehrte mich der Islam, geduldig zu sein, aber insgeheim dachte ich: *Sie braucht auf nichts warten. Das Glück wartet auf sie, bis sie sich es holen will.*

Auch, wenn es meine kindliche Seite war, die solche Gedanken erzeugte, hatte ich es den letzten Jahren immer wieder erleben müssen.

Einige Meter vor dem Café zündete sie sich eine Zigarette an. Sie zog ein-, zweimal, lächelte mich an. »Diese Droge brauchte ich gerade.«

Als wir eintraten, sahen wir die anderen Mädels nicht sofort, aber dann hörte ich, wie sie uns riefen.

Sie saßen ganz am Ende des Cafés, gegenüber der Bar, auf einer langen Couch. Eine hatte ihre schwarzen Haare zu einem Pferdeschwanz gebunden und trug eine babyblaue Bluse sowie eine hellblaue Jeans. Sie und auch die andere, eine Blondine, drückten mich nacheinander fest an sich. Nüchtern erwiderte ich die Umarmungen. Beide hatten sich nicht verändert. Die typischen Fashionbloggerinnen.

Nachdem auch Elif ihre Begrüßung abbekommen hatte, setzten wir uns auf die lange Couch. Fast die ganze Zeit über redete nur sie, als wäre sie auf einer Bühne, und wenn sie etwas Lustiges sagte, kicherten die Mädels drauflos. Die den langen blonden Haaren erklärte plötzlich in einem warmherzigen Tonfall: »Ich finde es so schön, dass Ela die Liebe ihres Lebens geheiratet hat, während wir immer noch von Fuckboys umzingelt sind. Du hast echt Glück.«

Ich versteckte meine emotionale Unruhe hinter einem knappen Lächeln. Elif warf mir einen Blick zu.

Sie wusste natürlich, dass meine Ehe keine glückliche war. Deshalb versuchte sie sofort, das Thema zu wechseln und fragte ihre Freundinnen nach dem letzten Urlaub. Als sie zu erzählen begannen, wurde mir klar, wie eingeschränkt mein Leben war, mit gerade mal 25 Jahren.

Die Mädels berichteten Bali, von Konzerten, von den nächsten Plänen für die Zukunft und von den letzten Dates. Ich spürte intensiv, dass Ketten meine Seele gefangen hielten, seit ich verheiratet war.

Mir wurde klar, dass ich bereit sein musste, Grenzen zu überschreiten, mich in andere Kulturen hinein zu wagen, Dinge zu entdecken, die ich bislang für falsch gehalten hatte.

Und dann kann mir Noah in den Sinn, das Buch, das er mir gegeben hatte. Vielleicht hatte er den Schmerz in meinen

Augen gesehen. Vielleicht wollte er mir sagen, dass ich etwas in meinem Leben verändern musste. Ich hatte plötzlich das große Verlangen, ihn wiederzusehen. Ein Blick auf die Uhr verriet mir, dass es 15 Uhr war. Die Predigt würde um 16 Uhr anfangen. Dort würde ich ihn antreffen. Ich stand auf, und Elif schaute mich verdutzt an. Entschuldigend teilte ich mit, dass ich noch einen Termin hätte und ging.

Während ich zur Moschee lief und der blaue Himmel für eine freundliche, sommerliche Atmosphäre sorgte, sorgte der Gedanke, nur wegen Noah und nicht wegen meines Glaubens die Moschee aufzusuchen, dafür, dass ich mich schämte.

Ich war mir sicher, dass Einsamkeit, und zwar Einsamkeit in der Ehe, einen krank machte.

Während ich den Gehweg hinunterlief, gab ich mir Mühe, meine Nervosität in Grenzen zu halten.

Es gab keinen Grund, sich in irgendwas hineinzusteigern. Immerhin war ich eine verheiratete Frau.

Ich war jetzt an der Tür und ging hinein. Als ob das Schicksal auf mich gewartet hätte, sah ich, wie Noah aus einem Raum kam.

Zwei Männer folgten ihm mit ruhigen, langsamen Schritten. Ich versteckte mich aus Reflex hinter einer Mauer und lauschte.

Eine der Stimmen, die nicht Noah gehörte, zumal sie einen arabischen Akzent hatte, sagte. »In schā' Allāh wird unser Plan gelingen.«

»Ja, es ist wichtig, dass es geheim bleibt. Deshalb müssen wir äußerst vorsichtig sein, meine Brüder. Wir müssen den Islam verteidigen.«

Den Rest verstand ich nicht mehr, da sie sich von mir entfernten.

Als ich erneut einen Blick in den Raum warf, erkannte ich Noah, der in meine Richtung lief. Ich zuckte zusammen und versteckte mich wieder hinter der Mauer, sodass er mich nicht sehen konnte. Er ging durch die Tür und verließ die Moschee. Nervös schloss ich mich an.

An einer Fußgängerkreuzung erreichte ich ihn. Ich wollte meine Chance nicht verpassen und sagte von der Seite schüchtern »Hallo«.

Er schaute mich überrascht an.

»Salam alakium, Noah. Ich, ähm … wollte dich nicht stören. Habe dich von Weitem gesehen und wollte dich nur kurz grüßen.«

Er lächelte zurückhaltend. Das beruhigte mich.

»Hi.« Erwartungsvoll schauet er mich an, als ob er auf eine großartige Rede von mir wartete.

Meine Gefühlsverfassung war ein reines Chaos. Ich war nervös, schüchtern, fröhlich, ängstlich und fühlte mich schuldig, weil ich einem Mann hinterherlief, zu allem Übel von einer Moschee aus. Was sollte ich nur sagen?

In seinem hellen Gesicht war noch eine Spur des intelligenten Jungen zu finden, mit dem ich es in meiner Jugend zu tun gehabt hatten.

Aus heiterem Himmel ergab sich ein Gespräch, das mich überraschte.

»Ich habe das Buch gelesen«, sagte ich.

»Welches?«

»Das, das du mir gegeben hast.«

Er schaute mich an, als ob er nicht wüsste, wovon ich redete.

Ich fühlte mich direkt wie ein dummes kleines Mädchen, das seinem Vater mitteilen wollte, seinen eigenen Namen schreiben zu können.

»Du meinst »Das Café am Rande der Welt«?«

»Ja.«

»Wie hat es dir gefallen?«

Bevor ich antworten konnte, schaute ich mich kurz um, denn ich befürchtete, dass mich jemand sehen könnte.

Ich weiß bis heute nicht, ob er es spürte oder meine Augen es verrieten, aber er sagte aus dem Nichts: »Wenn du magst, können wir in ein Café gehen, in dem uns niemand sieht.«

Ich schaute ihn an und nickte.

Er sagte, dass er mit seinem Auto gekommen sei. Also liefen wir hin.

Neben ihm zu sitzen, während er das Fahrzeug durch den Verkehr lenkte, war ein komisches Gefühl. Wir wechselten kein Wort. Ich fragte nicht einmal, welches Café es sein würde, denn ich vertraute ihm. Das machte mich verlegen und beunruhigte mich gleichzeitig. Mir schien, dass ich damit Einiges riskierte. Ich brachte mich selbst in die Gefahr, gesehen zu werden, handelte gegen meinen Glauben. Ich fühlte mich aber auch irgendwie glücklich. Ob es wirklich Freude war, kann ich heute nicht mehr so gut rekonstruieren. Aber eines konnte ich sehr gut fühlen: Alles an ihm, von der Frisur über das Gesicht bis zu den Händen empfand ich als sehr schön.

Wir fuhren ungefähr 20 Minuten durch Berlin. Schließlich lenkte er seinen Wagen in eine Parkbucht. vor einem Café. Hier würde sicherlich niemand auftauchen, der mich kannte

»Das Café am Ende von Berlin«, sagte er lächelnd. Ich lächelte nervös zurück.

Heute war alles anders, als hätte er den alten Noah ausgepackt und extra für mich angezogen.

Wir betraten das Café. Es war sehr geräumig. Die hohen Decken verstärkten den Eindruck. Besonders faszinierten mich die Bücher in den Regalen an den Wänden. Es waren verdammt viele Bücher.

Dazu leise Jazz-Musik. Die Menschen unterhielten sich und bissen in ihre Brötchen oder ihren Kuchen und nippten an ihrem Café.

Einigen zuckten kurz, als sie Noah und mich sahen. Ich gebe zu, das Bild, das wir boten, war eine echte Belastung für sie.

Die Frauen, besonders die alten, beließen es nicht bei einem verwirrten Gesichtsausdruck. Einige verfolgen mich mit den Augen, bis wir in der hintersten Ecke direkt am Fenster Platz genommen hatten.

Ich war komischerweise weder genervt noch verärgert.

Da ich an solche Blicke gewöhnt war, erfüllte mich diese Situation mit Energie. Ich verlor sofort jede Schüchternheit. Meine Angst, von irgendwem gesehen zu werden, verschwand.

Vielleicht war Noah, der mir durch seine sichere, beruhigende Haltung und die Aufmerksamkeit, die er mir schenkte, Glücksgefühle bescherte, der Auslöser.

Die Kellnerin kam und grüßte uns freundlich. Ich bestellte einen Obstsalat und einen Cappuccino. Er nahm das Gleiche.

Als sie ging, suchten seine Augen meine, und er fragte abermals, wie mir das Buch gefallen habe.

»Es war okay.«

»Es war okay?«

»Na ja, es war mir alles zu einfach beschrieben.«

»Was genau?«

»Ja, diese Erklärungen eben. Man kann nicht so leicht von heute auf morgen sein Leben verändern und seinen Träumen folgen.«

»Warum nicht?«

»Weil es eben nicht so einfach geht.«

»Hast du denn Träume, von denen du denkst, dass sie sich nicht verwirklichen lassen?«

»Jeder von uns hat Träume, oder?«

»Ich möchte deine wissen.«

Ich verspürte eine gewisse Unruhe, und sofort wusste ich, warum.

Er war seit Jahren der Erste, der mich nach meinen Träumen fragte.

Und ich musste lange überlegen, um mir erst selbst diese Fragen zu beantworten.

Was waren denn meine Träume?

»Alles gut?«, fragte er mich und klang dabei ein wenig unsicher. Wahrscheinlich konnte er die Unsicherheit in meinen Augen sehen.

»Mir fällt nichts ein.«

»Du hast keine Wünsche oder Träume? Keinen Ort, den du gerne mal besuchen würdest?«

Ich überlegte nochmals. Mir kam ein kleiner Wunsch in den Sinn, den ich verdrängt hatte.

»Ich würde gerne mein eigenes Restaurant irgendwo am Meer haben.«

»Oh«, sagte er mit gehobenen Augenbrauen.

»Ich weiß, es ist albern.«

»Warum sollte es albern sein?«

»Na ja, ein Restaurant ist etwas zu hoch gegriffen.«

»Träume sind nur zu hoch gegriffen für Menschen, die ihre eigene Größe unterschätzen.«

Als ich etwas sagen wollte, kam die Kellnerin mit den Obstsalatschalen und den Cappuccinos.

Während wir uns an den Früchten versuchten, fragte ich ihn:

»Wie bist du eigentlich dazu gekommen, mir das Buch zu schenken? Strahle ich etwa aus, was mich schwach macht?«

Ich spürte, wie ich nervös wurde, während ich auf die Antwort wartete.

Er schob die Gabel in den Mund, genoss kurz den Geschmack der Birnenstücke und schaute mich verwundert an.

»Nein, auf gar keinen Fall. Ich finde, du strahlst sogar viel Stärke aus.«

»Und deshalb hast du mir das Buch geschenkt?«

»Nein.«

»Wieso dann?«

»Du bis die einzige Frau, mit der ich über Bücher reden konnte. Die meisten Frauen interessieren sich eher für die nächste Netflix-Serie als für das nächste Buch. Jedenfalls die, die ich kennenlernen durfte. Es ist eben nicht so sexy, beim ersten Date über die Bände von »Harry Potter« zu sprechen:«

Ich lachte. »Wie kann man »Harry Potter« hassen? Die erste, beste und letzte Fantasy-Reihe, die ich lesen durfte. »Der Alchemist« wiederum ist der beste Roman, der jemals vor mir lag.«

Er lachte mit, und sein Lachen gab mir das Gefühl, gerade dem Mann gegenüberzusitzen, nach dem ich mich so lange gesehnt hatte. Die Früchte schmeckten fantastisch, aber das Beste war, mit Noah in diesem Café sein zu dürfen.

»Siehst du? Das meine ich. Andere Mädchen würden sowas nie sagen.«

»Also willst du mir damit mitteilen, dass du mich nur wegen »Harry Potter« und »Der Alchemist« mochtest?«

Plötzlich veränderte sich sein Gesichtsausdruck. Er wurde kühl.

Jedenfalls empfand ich es so. Manchmal, wenn ich dir meine Geschichte erzähle, habe ich Angst, die Story anders wiederzugeben, weil einige Begegnungen mit ihm eine starke Wirkung in mir hinterließen.

»Ja, genau«, sagte er und ergänzte:

»Deshalb werde ich der Autorin immer dankbar sein.«

Ich lachte.

»Du bist echt komisch.«

»Kann schon sein.«

Dann wurde er wieder ernst.

»Ich habe letztes Mal dein Gesicht bemerkt. Wer auch immer dir das angetan hat, es ist nicht gut, dass du bei ihm bist, Ela.« Ich verstummte. Mir wurde schlecht. Das Obst verlor seinen köstlichen Geschmack.

Ich räusperte mich, versuchte, die Aufregung in mir zu kontrollieren.

»Es ist nichts Schlimmes glaub mir.«

Ich brauchte keinen Menschen, der mir Mitleid schenkte. Vor allem braucht ich es nicht von ihm.

Er fuhr sich mit seinen Händen durch die Haare.

»Das ist genau der Satz, den du damals Elif und dem anderen Kerl – ich habe seinen Namen vergessen – gesagt hast, Ela, als dein Vater dich wegen uns schlug.«

Als ich nicht antwortete und betrübt in meinem Becher schaute, sagte er schließlich:

»Ich habe selbst viel erlebt, schlimme Sachen, Ela. Und ich erinnere mich, dass ich mir gewünscht habe, irgendjemand würde mir etwas Kraft schenken, mir eine andere Perspektive auf das Leben zeigen.

Diese habe ich in Büchern entdeckt.

Deshalb habe ich dir das Buch gegeben. Ich wollte dir etwas Kraft und Hoffnung schenken.«

Er atmete tief ein und wieder aus, als wollte er Kraft tanken.

»Was hast du an schlimmen Sachen erlebt?«, fragte ich überrascht.

Er senkte seinen Blick. Dann schaute er mich wieder an und sagte:

»Weißt du, warum ich dir das Buch außerdem gegeben habe, Ela?«

»Du hast meine Frage nicht beantwortet, Noah. Was hast du Schlimmes erlebt?«

»Es ist nicht der beste Ort, um darüber zu sprechen, Ela.«

Als er das sagte, warf ich einige Blicke über seine Schulter zum Nachbartisch. Ein Paar hatte sich direkt hinter uns gesetzt. Andere warfen uns immer noch flüchtige Blicke zu.

Am liebsten hätte ich hinzugefügt: »Ich habe nach diesem Satz das Gefühl, dass ich dich gar nicht kenne.«

Zum Glück konnte ich mich beherrschen. Es fällt mir gerade schwer, dir zu berichten, was ich damals genau fühlte.

Er schien nervös zu sein. Diesmal redete er nicht über Bücher, sondern begann plötzlich, von Elif zu sprechen.

»Weißt du eigentlich, dass sie es war, die mich auf dich aufmerksam gemacht hat?«, fragte er, als handelte es sich um eine große Offenbarung.

Ich schüttelte den Kopf.

»Das Treffen bei McDonalds war kein Zufall. Elif erzählte mir, dass sie beobachtet hätte, wie oft du mich angeschaut hast. Sie wusste direkt, dass du in mich verliebt warst.« Er nahm einen Schluck aus seiner Tasse. Ich hörte aufmerksam zu.

»Sie sagte, ich solle zu McDonalds kommen, mit Ercan – jetzt weiß ich den Namen wieder. Da würden wir euch vorfinden. Wenn ich irgendwas Schlimmes anstellen sollte, würde sie mir höchstpersönlich die Eier abschneiden.« Er schmunzelte.

»Dank Elif haben wir uns kennengelernt«, fügte er hinzu.

Ich wusste nicht, was ich sagen sollte. Die Sätze, die er sorgfältig formulierte, taten mir weh, weil ich so viele gemeine Gedanken über Elif gehegt hatte. Er suchte meine Augen und fand sie, als ich meinen Kopf hob.

»Du bist schön, Ela, und du wirst es für mich immer bleiben«.

Es war ein Satz, der sich mir einbrannte.

Seit sieben Jahren hatte ich es nicht mehr in dieser Art von einem Mann gehört.

Aus dem Nichts, einfach so, hatte er einen wunden Punkt erfasst und die Schmerzen gelindert.

Dann griff er nach meiner Hand. Ich zuckte zusammen.

»Geht es dir gut?«

Ich nickte.

»Du würdest niemals einer Frau wehtun, oder?«, fragte ich ihn.

Noah schaute mich überrascht an.

»Glaubst du, ich könnte sowas übers Herz bringen?«

»Nein, das glaube ich nicht.«

»Schlägt er dich oft?«, flüsterte er mir zu.

Tränen verließen meine Augen, und ich nahm eine Serviette, um sie abzutupfen. Ich wollte nicht gesehen werden, wollte nicht, dass Menschen merkten, wie schwach ich war.

»Manchmal«, antwortete ich leise.

Er drückte meine Hand fester.

Dann verfiel er in seinen Gedanken, jedenfalls dauerte es gefühlt eine Ewigkeit, bis er eine Antwort.

Schließlich sagte er sagte:

»Willst du nicht zu Polizei gehen? Ich könnte dich dabei unterstützen?«

Ich schüttelte den Kopf. »Zur Polizei zu gehen, würde die Sache nur schlimmer machen.

Meine Eltern würden es niemals akzeptieren, wenn ich meinen Ehemann anzeige.«

»Ich möchte dir einen Vorschlag machen.« Sagte er.

»Was für einen Vorschlag?«

»Dass wir uns öfter treffen und einfach miteinander reden, wie in den guten alten Zeiten.«

Er schaute mich erwartungsvoll an.

»Ich bin verheiratet, Noah« erklärte ich, und ich merkte, wie lächerlich dieser mir dieser Satz vorkam.

»Ich mag dich sehr, Ela.« Unsere Augen hafteten aneinander.

Mir kamen die Tränen, und ich schloss meine Augen.

Das Gefühl war zu intensiv nach diesen Worten.

Ich mochte nicht mal mich selbst.

Aber ich hatte ein neues Leben. Selbst, wenn wir uns treffen würden, war ich immer noch verheiratet.

Aber dieses Gefühl, jemanden zum Reden zu haben, der mich verstand, dem ich mein Herz ausschütten konnte, der mich für paar Stunden mein unglückliches Leben vergessen ließ, übte einen gewaltigen Einfluss auf mich aus.

»Du tust so geheimnisvoll, Noah«, sagte ich.

Sein Blick wanderte zu seinem Cappuccino.

»Du wirst früh genug alles über mich erfahren, versprochen.« Ich nahm seinen Blick wahr, der von Schmerz zeugte, und heute wünschte ich mir, ich hätte ihm mehr Bedeutung beigemessen, vielleicht schon damals darauf gepocht, dass er mir alles erzählte.

»Ich schlage vor, beim nächsten Mal treffen wir uns wieder hier.« Er schien sich wirklich auf unser Wiedersehen zu freuen, und das intensivierte meine Glücksgefühle.

Wir tranken unseren Cappuccino aus, verließen wir das Café und stiegen wieder ins Auto.

Er parkte in der Nähe einer Bushaltestelle, wo kaum ein Mensch zu sehen war.

»Es war schön mit dir.«

Er lächelte mich an.

»Ja, ich habe es auch genossen.«

»Wie wäre es, wenn wir uns in zwei Tagen wieder treffen?«

»So schnell?« Ich spürte, wie warm es in mir wurde.

Er nickte.

»Na gut«, sagte ich.

Er griff nach einem Zettel und einem Kugelschreiber, die sich im Handschuhfach seines Autos befanden, kritzelte etwas auf den Papierbogen auf und gab ihn mir. Es war seine Nummer.

»Schreib mir einfach, wenn etwas sein sollte.«

Ich nickte und verließ das Auto Richtung Bushaltestelle.

Von dort aus ging ich zurück zur Moschee, machte meine Gebetswaschung und begab mich zum Gebet. Beim Beten kamen mir die Tränen.

Verzeih mir, Allah. Ich habe gesündigt.

KAPITEL 11

Was bedeutet Familie für dich?

Sebastian

Wenn man plötzlich eine Person aus einer anderen Kultur oder mit einem anderen religiösen Hintergrund näher kennenlernt, gerät das eigene eingefahrene Weltbild bisweilen ins Wanken.

Es bringt einen dazu, seine Wahrnehmung von Kulturen zu überdenken, und man fragt sich, wer man eigentlich ist und sein möchte.

Noah parkte sein Auto und ging in gebeugter Haltung die Straße hinunter.

Ein ungutes Gefühl überkam ihn, als ihm bewusst wurde, dass er ungefähr noch zwei Minuten von der Wohnung entfernt war. Würde der heutige Tag die Bestätigung bringen, die sein Herz heimlich suchte? Er fühlte sich wirr.

Als er noch jünger gewesen war, hatte er versucht, sich anzupassen, vielleicht, damit sein Kopf aufhörte, dagegen anzukämpfen. Er konnte diesen Drang nach Rache förmlich schmecken, wenn er bei ihnen war, den Hass, der geradezu greifbar war.

Jedes Mal hatte er versucht, die Worte, die gefallen waren, auszulöschen. Wie eine Schlange wanden sie sich um seinen Körper und nahmen ihm die Luft zum Atmen.

Dass er Ela wiedergetroffen hatte, war wahrscheinlich kein Zufall. Daran glaubte er schon lange nicht mehr.

Sie hatte eine Art an sich, ihn so anzuschauen, dass der Schmerz, der in seiner Brust verankert war, erträglicher wurde.

Aber manchmal sah sie Noah an, als sei er der traurigste Mensch der Welt, und das spürte er deutlich. Doch auch sie schien von Leid nicht verschont worden zu sein. Am liebsten würde er zu seinem Ehemann fahren, in alles heimzahlen, was er Ela angetan hatte. Aber seine Hände waren gefesselt. Der Plan musste erfüllt werden, er war wichtiger als alles andere. Und danach, ja dass versprach er sich selbst, würde er sich um Ela kümmern.

In dieser Sekunde wünschte er sich, sie würden beide ein ganz einfaches Leben führen, das sie mit Glück beschenkt. Er lebte allerdings kein normales Leben mehr. Es war befremdlich.

Noah war nun angekommen.

Die Wohnung war dunkel. Es drang kaum Tageslicht hinein.

Der Geruch von Alkohol und Zigaretten stieg ihm in die Nase. Es war gespenstisch still. Das einzige Geräusch verursachte der Fernseher im Wohnzimmer. Das bedeutete, dass sein Vater zu Hause war. Es war befremdlich, wenn es so leise war, denn es hatte einmal eine Zeit gegeben, in der immer die Stimme seiner Schwester zu hören gewesen war, das Lachen seiner Mutter.

Er vermisste es sehr so sehr, dass er nachts um das Verlorene trauerte.

Kein Wunder, dass nach dem Tod seiner Mutter die Familie zerbrochen war.

Seine Schwester hatte den Weg, den sie gegangen waren, nicht mehr mitgehen können.

Sie war schon mit 18 Jahren ausgezogen. Da war er gerade mal 13 Jahre alt gewesen.

Mit 18 Jahren hatte er seine Mutter tot in der Badewanne gefunden. Die Kriminalpolizei hatten ihm erzählt, es sei wahrscheinlich Selbstmord gewesen. Aber er war sich sicher, dass das nicht stimmte. Es konnte kein Selbstmord gewesen sein.

Als er das Wohnzimmer betrat, entdeckte er seinen Vater. Er war auf der Couch eingeschlafen.

Auf dem Tisch stand eine Wodkaflasche.

Er hatte es wieder nicht geschafft. Nicht geschafft, nüchtern zu bleiben. Erfolgreich dagegen anzukämpfen. Noah hasste den Geruch von Alkohol. Für ihn war es der Geruch einer zerstörten Familie.

Auf dem Boden lagen Kleidungsstücke von ihm.

Er hob sie auf, brachte sie ins Badezimmer, kehrte zurück und ließ sich auf der Couch neben ihm nieder. Er schaute ihn an, seine Gefühle wurden aufgewühlt. Ja, er tat ihm leid, aber er empfand auch Wut für seinen Vater, weil er sein Versprechen wieder nicht hatte halten können.

Als er die Flasche wegräumen wollte, schreckte sein Vater auf. Er blinzelte einige Male, als ob er vergessen hatte, wo er war.

Noah seufzte und blickte angeekelt auf das T-Shirt. Erst jetzt hatte sein Vater bemerkt, dass es besudelt war.

Als er Noah sah, schaute er zu Boden. Er schämte sich.

Ihm kamen die Tränen und mit heiserer, weinerlicher Stimme sagte er:

»Es tut mir leid.«

»Ich hole dir Wasser, und danach gehst du dich duschen.«

Sein Vater schmeckte geradezu sein Mitleid, und der Geschmack war bitter.

Von seinem eigenen Sohn bemitleidet zu werden, fühlte sich wie eine zusätzliche Strafe an. Noah holte eine Wasserflasche und gab sie seinem Vater, der in eiligen Schlucken seine Kehle bewässerte. Er half seinem Vater, die Kleidung zu wechseln und in den Bad, danach trocknete er sich ab und ging ins Bett, wo er sich sofort hinlegte und einschlief.

Noah ging in sein Kinderzimmer.

Während er auf die Wände schaute, verdunkelten sich seine Augen.

Überall waren Pläne, Uhrzeiten sowie Städtenamen angeheftet. Bald würde es losgehen, bald würde ganz Deutschland von ihnen hören.

Eine tiefe, unbegreifliche Trauer erfasste ihn.

Er bekam keine Luft mehr. In seinem Kopf begann sich alles zu drehen, bis er irgendwann zum Fenster lief, um frische Luft zu schnappen.

Es war einfach nur schrecklich. Er wusste, dass es nicht mehr so weitergehen konnte. Dieser Plan ließ ihn Stück für Stück brechen.

Aber er hatte keine andere Wahl. Das Gefühl, das ihn seit zwei Jahren verfolgte, ließ ihn nicht mehr los.

Er musste es zu Ende bringen, bevor er dieses Leben, diese Identität beenden würde.

Kapitel 12

Was ist eine Vergewaltigung für dich?

Ela

Ich saß abends nach dem Treffen mit Noah am Esstisch. Durch das Fenster fiel weißes Mondlicht.

Nachdem ich eine ganze Weile vor mich hin sinniert hatte, begab ich mich ins Schlafzimmer und schlüpfte in meine Jogginghose. Ein weißes Shirt von adidas ersetzte mein schwarzes Oberteil.

Ich las ein bisschen in meiner aktuellen Lektüre – »Elf Minuten« von Paulo Coelho –, einen Obstteller neben mir, wie ich es oft tat.

Schon jetzt freute ich mich darauf, mit Noah über dieses Buch zu reden, ihn zu fragen, was er gerade las. Natürlich war ich froh, dass wir uns jetzt öfter sehen würden, aber zugleich machte es mich sehr unglücklich, ihn für immer nur heimlich treffen zu dürfen.

Plötzlich hörte ich, wie die Tür zur Wohnung geöffnet wurde, und in mir kam eine große Unruhe auf. Ich wusste, dass es Mehmet war. Seit gestern war er fort gewesen und hatte sich nicht gemeldet.

Dann hörte ich Schritte und sah ihn in die Küche kommen. Unsere Blicke trafen sich. Er sagte »Hallo«, erwähnte, dass er bei einem Kollegen geschlafen habe, als ob es ihn interessierte, wie ich darüber dachte. Ich versank wieder in meinem Buch und schenkte ihm keine weitere Aufmerksamkeit. Er ging zum Wasserhahn, füllte sich ein Glas und trank es in einem Zug leer. Einige Augenblicke blieb er am Spülbecken stehen. Dann stellte er das Glas ab und kam zu mir an den Tisch. Ich wurde nervös.

»Ich habe einen Job im Lager bekommen«, sagte er stolz. Ich blickte zu ihm hoch. Wieso wiederholt er sich, dachte ich.

»Hörst du mir zu?«

Ich hatte, vergessen zu antworten.

»Das freut mich zu hören.« Er wendete sich wieder ab, bewegte sich zum Kühlschrank, öffnete ihn und nahm sich die Verpackung Orangensaft. Aus dem Augenwinkel beobachtete ich, wie er sie öffnete und aus ihr trank. Ich hasste es, wenn er das tat. Warum konnte man sich nicht wie ein normaler Mensch ein Glas nehmen?

»Du brauchst dich nicht mehr bewerben«, sagte er.

Ich verzog das Gesicht, versuchte, so gut es ging, einen freundlichen Ausdruck in mein Gesicht zu zaubern. Mich räuspernd, entgegnete ich:

»Bist du sicher? Immerhin sind zwei Einkommen besser als eines.«

Er stellte die Verpackung auf die Küchentheke.

»Ich möchte, nicht, dass meine Frau arbeiten geht. Ich will allein für uns sorgen. Ich bin der Mann im Haus und nicht du.«

Da ich ihn nicht wütend machen wollte, widersprach ich nicht.

Stattdessen stand ich auf und wollte soeben meinen Teller wegräumen, als er mir wieder näher kam und beide Händen auf meine Hüfte legte. Er flüsterte:

»So haben wir auch Zeit, uns um wichtige Dinge zu kümmern, Nachwuchs zum Beispiel.«

Er gab mir einen Kuss auf den Nacken.

Diese liebevolle Art empfand ich als befremdlich.

Ich lächelte freundlich, löste mich vorsichtig von ihm, nahm den Teller vom Tisch und legte ihn die Spüle.

»Irgendwie scheinen dir meine Worte nicht zu gefallen.« Ich nahm eine gewisse Aggressivität in seiner Stimme wahr.

»Doch, sie gefallen mir.«

Ich ging zu ihm und gab ihm einen Kuss auf die Wange. Danach setzte mich wieder auf meinen Stuhl.

Auch er nahm Platz, und im Gegensatz zu den vorherigen Tagen war er plötzlich gesprächig, fragte mich, wie mein Tag gewesen war, was ich so getan hatte. Ich antwortete kurz und konzentriert, um nichts Falsches zu sagen.

Dann erzählte er mir, wie seine Arbeit sein, wie viel er verdienen und welche Karrieremöglichkeiten er sich eröffnen würde.

Ich hörte zu oder tat vielmehr so, denn es war mir ein Rätsel, woher seine Motivation kam, seine Energie, mir plötzlich alles erzählen zu wollen.

Als unsere Unterhaltung beendet war, stand ich wieder auf, wollte den Teller waschen.

»Ich muss ehrlich sagen, du siehst sehr sexy aus beim Abwaschen.«

Mir wurde schlecht.

Er sah mir zu, als ich mit dem Putzlappen über die Theke wischte.

»Oh, übrigens, das hätte ich beinahe vergessen: Ich wollte dich wirklich nicht schlagen oder verletzen. Es waren die Wut, die Worte, die du sagtest oder was auch immer. Das hat sich einfach so ergeben. Du bist mir nicht mehr böse, oder?«

Meine Hände begannen vor Verärgerung zu zittern. Ich drehte mich um und nickte.

»Sicher? Ich habe über alles nachgedacht, vor allem über unsere Beziehung. Wir sind ein gutes Paar, wir müssen es nicht so weit kommen lassen.«

»Okay«, sagte ich.

Er tippte mit den Fingern auf den Tisch.

Dann stand er auf, umarmte mich von hinten. Ich drehte mich um. Zögerlich umschloss ich seinen immer mehr werdenden, breiten Körper, der nach Schweiß roch.

Er ließ von mir ab, schaute mich an und zog mich wieder zu sich heran. Ich spürte seinen erregten Penis.

»Wie wunderschön deine Augen doch sind!« Er streichelte mir übers Haar. Ich setzte ein verkrampftes Lächeln auf.

»Man will dir die ganze Zeit in die Augen schauen und den Anblick genießen. Hörst du? – Ich kann auch ein bisschen poetisch sein.«

Fragend schaute ich ihn an.

»Ich weiß, dass du auf solchen Sachen stehst, denn ich habe oft deine Bücher in die Hand genommen.« Ich vermied es, zu antworten, fühlte mich nicht wohl in seiner Nähe.

Mehmet fing an, mir über den Rücken zu streicheln und zog mich noch näher an sich.

»Findest du nicht auch, dass wir uns in letzter Zeit zu wenig berührt haben?«, fragte er.

»Ich weiß es nicht«, sagte ich leise.

»Wir sind doch verheiratet, stimmt's?«

»Ja.«

»Dann sollten wir häufiger Sex haben.« Er lächelte mich an.

Mein Magen verkrampfte sich, das Blut stieg mir in den Kopf.

»Ich ... ich weiß nicht, was ich dazu sagen soll, Mehmet.«

»Du bist meine Frau, du bist mein Besitz, mein Diamant.«

Und dann beugte er sich zu mir und küsste mich auf den Mund. Sein Atem war warm und der Geschmack seiner Lippen salzig von Essen. Seine Hände umschlossen meine Hüfte.

»Das sollten wir wirklich öfter tun.«

Ich spürte, wie sein Glied an Härte zunahm.

Er versuchte es noch einmal, aber ich befreite mich.

»Lass mich bitte duschen gehen. Ich bin müde«, sagte ich mit bebender Stimme.

Er lachte, während er mich immer noch festhielt. Es war kein zärtliches, liebevolles Festhalten. Es war dieses besitzergreifende Festhalten.

»Darf ich dich etwas fragen?«

»Was?«

»Hast du das Verlangen, Sex mit mir zu haben?«

»Was ist das für eine Frage?«

»Sieh dir das an.«

Ich brauchte eine Sekunde, bis ich begriff, worauf er hinauswollte.

Er deutete auf seinen erigierten Penis, der sich deutlich unter seiner Jeans abzeichnete.

»Willst du nicht mit mir ins Bett? Bist du nicht feucht?«

Meine Augen wurden nass.

Ich sagte und tat nichts, getroffen und fassungslos über sein Verhalten.

»Nein«, sagte ich schließlich.

»Ganz bestimmt nicht?«

Lass mich bitte duschen gehen.«

Er schmunzelte.

»Du machst das wirklich gut, mich hinzuhalten.«

Ich sagte nichts.

Er war bemüht, ruhig und nett zu klingen, aber sein Atem ging schneller. Ich hörte die Lust in seiner Stimme.

»Manchmal vergesse ich, dass wir verheiratet sind. Wusstest du das?«

»Manchmal musste ich mir auf der Toilette oder neben dir im Bett einen runterholen. Weißt du, was das heißt?«

Er streckte die Hand aus und streichelte meine Haare, diesmal mit einer Rücksichtslosigkeit, die mir Angst machte.

»Ein Mann, der sich einen runterholen muss in einer Ehe, ist eine Schande. Dafür ist die Ehefrau zuständig. Verstehst du, was ich damit sagen will?«

»Ich möchte im Moment nicht, Mehmet!«, sagte ich mit lauter Stimme.

»Wie, du möchtest es nicht? Willst du mich verarschen?«, erwiderte er mit zusammengebissenen Zähnen.

Er griff nach mir, diesmal zwischen die Beine, und fing an, zu reiben. »Du willst mir sagen, dass du wochenlang ohne Sex mit mir klarkommst? Vielleicht kannst du es, aber ich kann es nicht!«

»Hör auf!«, befahl ich mit Wut und Angst in der Stimme.

Ich stieß ihn heftig weg. Er taumelte überrascht einige Schritte zurück.

Dann ließ ich alles liegen, wollte nur noch ins Badezimmer und mich dort einsperren.

Er lief mir hinterher, zog mich am Arm. Aus Angst vermied ich es, mich zu wehren.

Die Panik, wieder geschlagen zu werden, Schmerzen zu spüren, nahm Überhand. Also ließ ich es geschehen. Er zog mich ins Schlafzimmer, warf mich aufs Bett, drehte mir den Arm auf den Rücken und fing an, die Jogginghose von meinen Beinen zu ziehen.

»Hör auf, bitte«, sagte ich mit weinerlicher Stimme.

»Deine Ausreden nerven mich extrem. Jetzt kriege ich das, was mir als Ehemann zusteht.«

Ich drehte meinen Kopf zur Seite, als er mein Höschen schwer atmend und gewaltsam herunterzog.

»Schau mich an!«, schrie er.

»Sag es. Sag »Fick mich.« Sag mir, dass ich dich ficken soll.« Er riss seine Hose und seine Unterhose herunter.

Als ich zu verhindern versuchte, dass er in mich eindrang, packte er mich am Handgelenk und presste es gegen das Bett.

»Bitte, Mehmet.« Ich hatte das Gefühl, keine Luft mehr zu bekommen. Vielleicht bekam ich in dieser Sekunde wirklich keine Luft mehr.

»Sei still«, flüsterte er, und dann drang er gewaltsam mit einem harten Stoß in mich.

Da ich sexuell nicht erregt war, überflutete mich ein fürchterlicher Schmerz. Ich versuchte wieder, mich zu wehren.

»Es ist besser, wenn du dich nicht wehrst. Wir sind doch verheiratet. Das machen Ehepaare. Es tut nicht weh, wenn du still hältst.«

Dann wiederholte er seine Stöße, von einem Stöhnen begleitet.

»Wenn du dich nicht wehrst, wirst du es genießen. Versprochen.«

Er fuhr fort, mir heftige Stöße zu verpassen. Ich versuchte, den Kopf zu heben, versuchte, irgendwas zu machen, aber ich wusste, dass es das Beste war, es geschehen zu lassen, bis er kommen und von mir ablassen würde. Die Schmerzen wurden heftiger.

Er wird lange brauchen, bis er kommt, und die Schmerzen werden so groß sein, dass ich daran sterben werde, dachte ich.

Ich drehte den Kopf zur Seite und sah, wie meine Finger sich in die Bettdecke krallten. Meine Hand öffnete und schloss sich, öffnete und schloss sich, immer wieder. Ich hatte keine Kontrolle mehr über sie. Ich dachte an mein bisheriges Leben, dachte an Noah, und mir kamen die Tränen. Ist es das, was du für mich vorgesehen hast, Gott? Ist es das?

Ein lautes Stöhnen erklang, gefolgt von ein, zwei heftigen Stößen.

Er hörte plötzlich auf und lag wie ein Toter auf mir. Sein Atem ging schwer. Ich spürte seinen Schweiß auf meinem Körper. Dann löste er sich von mir, schaute mich an, beugte sich über mich und gab mir mit voller Härte eine Ohrfeige.

Ich war wie benommen von dem Schmerz, der fürchterlich brannte. Er hob seinen Finger und sagte:

»Wehr dich nie wieder. Wenn ich dich will, dann bekomme ich dich auch. Du bist meine Frau!« Dann verließ er das Zimmer.

Ich drehte mich auf die linke Seite. Ich spürte den Schmerz zwischen meinen Beinen, die Schwellung auf meiner Wange.

Ich sagte nichts, konnte nichts sagen, wollte nichts sagen.

Dann hielt ich es nicht mehr aus und begann zu weinen.

Ich weiß nicht, wie lange ich in dieser Nacht weinte. Schließlich schlief ich erschöpft ein. So sehr ich auch versuchte, die Erinnerung an diese Nacht zu löschen, es ist mir bis heute nicht gelungen. Elif hatte mich öfter gewarnt, gesagt, ich solle mich endlich trennen, mich von diesen Schmerzen befreien. Ich empfand einen unbändigen Hass gegen Mehmet und auch gegen Gott. Ich ekelte mich vor mir selbst, weil ich benutzt worden war, wie ein wertloses Tuch, nur zum Abwischen gut.

Mein Herz war ein einziger Krater, und in mir brannte ein Feuer, das so viel Schmerz erzeugte, dass ich dachte, ich würde noch diese Nacht daran sterben.

Die Hand der Trauer berührte mich zwischen den Beinen. Ich schloss die Augen und flehte zu Gott, er möge mich retten.
Ich sagte meiner Mutter, dass meine Ehe mir Schmerzen bereitete.
Die folgende Stille überbrachte mir die Botschaft, ich solle es ertragen.
Gott hatte zugesehen.
Seine Stille sagte mir, ich solle es ertragen.
Warum schmecken Tränen so bitter und so salzig, wenn man vergewaltigt wird?
Weißt du, was er mir angetan hat? Weißt du, wie es ist?
Ich wünsche mir, dass du es niemals wissen wirst.
Mein Körper fühlt sich nicht mehr sicher an.
Ich frage mich, ob Gott mich weinen gehört hat.
Hast du mich weinen gehört, Gott?
Ich will diesen Schmutz, diesen Dreck zwischen meinen Beinen weg haben.
Ich wasche mich, aber er will nicht von mir ablassen, dieser Dreck, der meine Seele Stück für Stück zerstört.

Gerichtsakte Nummer 45567, Beweismittel 5 / Video mit Ton / identifiziert als Noah Larus / Video wird erstmals im Gericht vorgespielt. Ein Jahr nach seinem Tod.

»Ich habe das getan, was ich tun musste.
Ich wollte sie beschützen, wollte, dass sie bei mir ist. Aber ich konnte meinen Plan nicht aufgeben. Letztendlich hat dieser Plan auch sie getötet. Deshalb bin ich ihr Mörder. JA, ich bin der Mörder von Ela. Oh, meine Ela, es tut mir unendlich leid. Du hattest den Tod nicht verdient.«

KAPITEL 13

Was bedeutet Fremdgehen für dich?

Am folgenden Tag rief Elif mich in der Frühe an, als ich im Badezimmer war, aber ich nahm nicht ab. Einige Male meldete sich auch meine Mutter. Sie wollte wissen, wie es mir gehe, wie es Mehmet gehe. »Alles ist super.« Sie sagte, dass er ja nun einen Job habe. Ich antwortete nicht. Sie legte auf. Beim Kochen war ich unkonzentriert, machte einige Fehler, schnitt mich beim Gemüsezerkleinern an der Hand.

Im Bad versorgte ich mich mit einem Pflaster.

Ich erinnere mich, dass ich an diesem Tag sehr gebrochen war. Die Trauer verfolgte mich und griff mich immer wieder an.

Dann vibrierte mein Handy, Elif rief wieder an. Ich stieß einen Seufzer aus und drückte auf Wahlwiederholung.

»Warum rufst du mich so spät zurück? Ich habe doch mehrmals angerufen.«

»Ich bin nicht mit meinem Handy verheiratet, Elif«, sagte ich gereizt, vielleicht, weil sie nicht fragte, wie es mir ging und mir sofort mit Vorwürfen, kam. Aber eher war ich sauer auf mich selbst, auf das Leben, einfach auf alles.

»Was ist denn los? Ich meinte es doch nicht böse.«

Ich antwortete nicht, wusste, dass ich es übertrieben hatte, dass sie ja nichts dafür konnte. Ich wollte mich entschuldigen, tat es aber nicht.

»Können wir uns die nächsten Tage sehen«, fragte sie mich.

»Okay.«

»Na gut. Ist wirklich alles in Ordnung? Du klingst irgendwie abgefuckt.«

»Alles gut, Elif. Ich melde mich.«

Dann legte ich auf. Ich atmete müde vom Leben ein und wieder aus.

Noah kam mir in den Sinn.

Ich griff nach meinem Handy, scrollte durch die Kontakte, bis sein Name auftauchte.

»Hallo?«, ertönte es am anderen Ende der Leitung.

»Ela? Ela, ist alles gut?«

»Können wir uns sehen?«, sprach ich mit gebrochener Stimme.

»Ja, natürlich.«

»Nach dem Moscheebesuch, habe ich Zeit. Ich schicke dir die Urzeit per SMS.«

»Okay, ich warte auf dich«

In der Moschee trat Ibrahim mir plötzlich entgegen. Mit seinen Blicken durchlöcherte er mich. Er wirkte nervös. Ich war überrascht und fragte mich, was er hier zu suchen hatte, zumal er noch nie hier gewesen war.

»Salam alaikum, Hava« sagte er und schenkte mir ein schiefes Lächeln.

»Alaikum Salam«, antwortete ich sichtlich irritiert. Er Fragte wie es mir ging und meinem Mann. Ich erzählte ihm, dass er einen neuen Job hätte und in welcher Firma er jetzt wäre.

Er nickte und scannte dabei mein Gesicht.

Und nach seinem Gesichtsausdruck zu urteilen, wusste er, dass es mir nicht gut ging. Einige Frauen gingen an uns vorbei, er senkte seinen Kopf. Ich grüßte die Frauen, und dann waren wir wieder alleine.

»Schon wieder?«, fragte er.

»Was schon wieder?«

»Dein Gesicht. Er hat es wieder getan.«

Seine Stimme war mir etwas zu laut, sodass ich ihn aufforderte, leiser zu sprechen.

Er flüsterte mir zu.

»Lass mich dir helfen, Hava«

»Mir kann man nicht helfen.«

»Ich kann der Mann sein, der er nicht ist«

»Wir sind hier in einer Moschee, Ibrahim.« Er räusperte sich.

»Bei Allah.« Dabei schlug er sich auf die Brust.

»Ich würde es niemals wagen, dich anzufassen, geschweige denn, dir wehzutun.«

Seine Stimme klang gereizt, als ob er sauer auf sich selbst wahr.

»Wie stellst du dir das vor? Dass ich zu meinen Eltern gehe und sage »Hier ist mein neuer Mann.«?«

»Ich werde dich beschützen und verteidigen.«

Ich schwieg. Er suchte meine Augen.

»Ela, warum willst du mich nicht? Wallah, ich würde alles für dich tun, gib mir eine Chance.« Ich schaute ihm tief in seinen Augen.

Was ist dein Lieblingsbuch?

»Ich weiß nicht ... was ist das für eine Frage? Der Koran natürlich.«

»Nein, ich meine, nach dem Koran. Welche Romane, hast du bis jetzt gelesen.«

»Keine Ahnung, ich lese kaum Bücher.«

»Was bedeutet Poesie?«

»Keine Ahnung. Was redest du da, Ela?«

Ich schaute ihn an.

»Tut mir leid, Ibrahim, aber es passt nicht.«

Als ich gehen wollte, schnitt er mir den Weg ab.

Ich erkannte Wut in seinen Augen, dieselbe, die Mehmet des Öfteren zeigte, wenn ihm irgendwas nicht passte.

»Suchst du jemanden, der Bücher liest? Ich meine, wenn du das willst, dann mache ich es. Ich hole mir morgen Bücher, lese sie und erzähle dir davon. Willst du das?« Ich bemerkte eine gewisse Unruhe in mir.

»Weißt du, was schlimm ist, Ibrahim? Ihr Männer denkt, mit ein, zwei Versprechungen sollte sich eine Frau auf euch einlassen. Ihr denkt, jede Frau tickt gleich, ohne eine Sekunde darüber nachzudenken, dass wir Menschen sind, mit verschiedenen Wünschen und vor allem Interessen. Und es kratzt an eurem Ego, wenn ihr bemerkt, dass wir mehr suchen als nur Versprechungen.«

Er wollte irgendetwas sagen, Aber ich bemerkte, wie hoffnungslos er nach Worten suchte. Schließlich gab er auf.

Ich ging an ihm vorbei, spürte seinen Blick und hatte in dieser Sekunde das komische Gefühl, dass etwas Schreckliches passieren würde, was mit ihm tun hatte. Ich sollte Recht behalten.

Noah und ich trafen uns.

Als er ankam, schlug mein Herz schneller. Er trug ein weißes T-Shirt und eine blaue Jeans dazu Chucks. Seine blonden Haare leuchteten, und seine blauen Augen strahlten.

Nie zuvor waren wir den Weg zum Café so eng nebeneinander gegangen, so vertraut miteinander, so froh, wieder zusammen zu sein.

Als wir am Tisch saßen, kam eine Kellnerin, aber nicht die uns bereits bekannte.

Sie stellte sich als Nouran vor.

Ihre Hautfarbe hatte einen arabischen Touch.

Dunkle große Augen, dunkle Wimpern, unter dem rechten Auge ein kleines Muttermal.

Eine schmale, kleine Nase.

Noah lächelte sie an. Sie grüßte ihn mit seinem Vornamen.

Ich verspürte eine Eifersucht, die ich bis dato nicht gekannt hatte und fragte mich, ob es einfach nur eine Person war, die Noah des Öfteren bediente oder ob mehr dahinter steckte.

Sie schaute uns beide an und sagte lächelnd: »Ich empfehle euch eine heiße Schokolade. Die schmeckt bei uns besonders gut, vor allem an kalten Tagen.«

»Dann nehmen wir sie doch, oder?«, sagte Noah lächelnd.

Ich nickte verlegen.

Als wir da saßen, fragte ich mich, ob er wohl bemerkte, dass ich am Tag zuvor verletzt, erniedrigt worden war. Das Wort »Vergewaltigung« wollte ich in meinen Gedanken nicht mehr zulassen.

Wenn ja, wollte ich nicht, dass er mich darauf ansprach, mich fragte, was los sei. Das Einzige, was ich begehrte, war seine Nähe, waren unsere Unterhaltungen, die mich von den inneren Schmerzen, ablenken würden.

Während er anfing, über das Buch »Lovestory« zu reden, das seiner Meinung nur so erfolgreich war, weil die Liebe in einer Tragödie endete, und erzählte, dass die Geschichte ihn eigentlich nicht so begeistert habe, stellte ich fest, dass ich die Art, wie er sprach, nach wie vor mochte. Noah versuchte, die Worte klar und deutlich zu formulieren, entschuldigte sich aber immer wieder für seinen strengen Ton, wie er es auch als Teenager getan hatte. Ich liebte seine Figurenbeschreibungen, die Worte, die er dabei nutzte.

Nachdem er mir sein Feedback gegeben hatte, wurde er still. Wir konzentrierten uns auf unsere heiße Schokolade, die von Nouran gebracht worden war.

Nachdem wir ausgetrunken hatten, wendete ich mich ihm wieder zu.

»Was beredest du eigentlich mit den anderen Männern in der Moschee?«, fragte ich ihn. Er wurde nervös. Ich merkte es daran, dass er seine Hände plötzlich faltete und meinem Blick auswich.

»Was meinst du damit?«

»Jedes Mal, wenn ich in die Moschee ging, warst du mit dem Imam und drei weiteren Männern in einem Zimmer. Was beredet ihr?«

Er räusperte sich, und es sah so aus, als suchte er nach den passenden Worten.

»Ich ... Wir, wir bereden halt Dinge über den Islam.«

»Was sind das für Dinge?«

»Sie unterrichten mich halt in Arabisch, und wir reden über den Islam halt.«

Was sollten diese Blicke und seine Körperhaltung bedeuten? Hatte er etwas zu verheimlichen?

»Weißt du, was wir tun sollten?«

Ich schaute ihn verwirrt an.

»Ich kenne da einen schönen Ort, zu dem wir gehen sollten.«

»Wo ist er?«

»Vertraust du mir?«

Ich nickte, war mir aber in dieser Sekunde nicht mehr so sicher.

»Lass dich überraschen. Ich werde dich pünktlich wieder nach Hause bringen«

Ich überlegte kurz und sagte schließlich:

»Aber nur unter einer Bedingung.«

Er schaute mich fragend an.

»Wenn du mir erzählst, was du die letzten sieben Jahren getan hast«

Er seufzte. »Na gut. Wenn es dich beruhigt.«

Ich grinste. Wir verließen das Café.

Als ich draußen in den Himmel schaute, bemerkte ich, wie die Wolken sich zusammenzogen.

»Ich glaube, es regnet später.«

»Wir bleiben nicht lange. Glaub mir.«

Ich stieg mit skeptischem Gesichtsausdruck ins Auto.

Wir fuhren erstmal durch einige Wohngebiete, danach lenkte er den Wagen auf die Autobahn.

»Also, erzähl mir jetzt von dir«, sagte ich, als er mit 120 Km/h über die Autobahn bretterte. »Jetzt schon?«

Er beschleunigte auf 150 Km/h.

»Ja, jetzt schon«

»Na gut. Was willst du wissen?«

»Was machst du beruflich?«

»Ich arbeite in der Info der Bücherei.«

»Welcher Bücherei?«

»Unserer Bücherei«

Ich schaute ihn erstaunt an.

»Ich bin da schon lange und habe dich noch nie gesehen.«

»Das ist gut möglich. Habe erst vor drei Wochen dort angefangen.«

»Na gut. Du hast mir mal erzählt, dass du Geschwister hast, aber nie darüber geredet.«

»Ja.«

»Wie viele?«

Ich bemerkte, wie er schwer schluckte.

»Eine Schwester.«

»Wie alt?«

Er überlegte, für mein Gefühl etwas zu lange.

»31.«

Er beschleunigte jetzt auf 180 Km/h. Ich wurde etwas nervös.

»Was sind deine Träume, deine Ziele?«

»Hört sich an wie eine Bewerbungsgespräch«, sagte er lächelnd und verlangsamte wieder auf Tempo 120.

»Ist es auch.«

»Ich soll mich also bei dir bewerben?«

»Ja, Weil ich etwas Besonderes bin.« Dabei schaute ich ihn ernst an. Ich war überrascht von meinen Worten.

Schließlich sagte er:

»Du bist wirklich etwas Besonderes.«

Ich warf ihm einen Blick zu, um herauszufinden, ob er es ernst meinte. Wahrscheinlich hatte er es bemerkt. Er fügte hinzu:

»Ich meine es ernst. Du bist etwas Besonderes, für mich jedenfalls.«

Ich wurde bei diesem Satz emotional und vermied es, weiter zu fragen. Er schaltete das Radio ein und summte die Musik mit, die aus den Boxen kam.

Obwohl wir Frauen so gerne unabhängig von den Männern sein wollten, konnten wir doch nicht auf solche Worte verzichten. Worte, die Balsam für die Seele bedeuteten. Worte, die beschrieben, wie wunderschön wir uns als Frauen fühlten. Es war paradox. Denn auf der einen Seite empfand ich Hass und Ekel, auf der anderen fing ich an, seine Stimme zu lieben, die Intelligenz, die sie hervorbrachte. Es war unschön, mir das einzugestehen, aber ich stand kurz davor, mich zu verlieben.

Die Vorstellung, keinen Kontakt mehr zu ihm haben zu können, bedeutete noch mehr Schmerz.

Ich war eine gläubige Frau mit Kopftuch und erwischte mich dabei, wie ich eine Sünde begehen wollte.

»Ich will noch etwas über dich wissen«, sagte ich

»Ja?«

»Was willst du erleben, bevor du stirbst?«

Er schenkte mir ein nervöses Lächeln.

»Das sage ich dir, wenn wir ausgestiegen sind.«

Endlich erreichten wir den Platz. Ich hatte völlig vergessen, auf den Weg zu achten. Wir hatten unlängst die Autobahn verlassen, waren über eine Landstraße und einen Feldweg gefahren. Er parkte das Auto schließlich an einem See, vor uns ein Schild mit dem Hinweis »Parken verboten«.

»Wir sind da.« Ich schaute aus dem Autofenster. Der See erzeugte eine beruhige Atmosphäre. »Ich muss ganz ehrlich sagen, ich wollte dir eigentlich den Sonnenuntergang zeigen, aber das wird wohl nichts mehr. Die Wolken lassen es nicht zu.«

Er stieg aus, ging um den Wagen herum, öffnete mir die Tür.

Die Seeluft umarmte mich.

»Es ist so friedlich hier«, sagte ich.

»Ja. Es ist wirklich schön, vor allem, wenn niemand hier ist und du nichts weiter wahrnimmst als die Natur.«

Wir setzten uns auf eine Bank, so nah beieinander, dass sich unsere Hüften fast berührten.

»Was ist das Erste, was du tun möchtest, bevor du stirbst?«, fragte ich nach einer Weile.

Ich sah in seinen Augen, wie er überlegte.

»Frieden in mein Herzen bringen.«

»Wie willst du es erreichen?«

Er seufzte. »Ich arbeite daran. Dass ich jeden Freitag in die Moschee gehen, gehört auch zu meinem Plan.«

»Das ist schön zu hören.«

»Was ist mit dir ?«

Ich überlegte kurz.

»Ich würde gerne nach Kroatien reisen.«

»Kroatien?«

»Ja, ich liebe das Land, vor allem die Küste. Da würde ich auch am liebsten leben wollen.«

»Das wirst du bestimmt eines Tages«, sagte er lächelnd.

Ich seufzte.

»Es wird immer ein Traum bleiben.«

»Ich habe über vieles früher auch immer wieder gesagt, dies oder das wird nur ein Traum bleiben, weißt du. Aber ich habe gelernt, dass das Verwirklichen von Träumen immer mit dem Kopf und dem Herzen beginnt. Bist du nicht mit beiden dabei, werden deine Träume nicht wahr. Du musst an deinen Träumen arbeiten.«

Er sah nach oben, und mir fiel auf, dass er das immer tat, wenn er nach den richtigen Worten suchte.

»Ich glaube, die Menschen unterschätzen, wie wichtig es ist, an seine Träume zu glauben, weißt du.«

»Ja du magst Recht haben«, sagte ich.

»Das heißt, du glaubst fest daran, dass alle deine Träume in Erfüllung gehen?«

»Ja. Weil ich nicht nur daran glaube, sondern permanent daran arbeite.«

»Ich wünsche mir, ich hätte deine Kraft und denselben Glauben wie du.«

Er sah mich lächelnd an, stieß mit seiner Schulter leicht gegen meine und sagte: »Du bist viel stärker, als du denkst«

Dann schauten wir beide gleichzeitig in den Himmel. Die Wolken zogen sich zusammen, und jetzt spürte ich leichte Tropfen auf meiner Haut.

»Ich glaube, es regnet gleich«, sagte er.

Als ob der Himmel auf diesen Satz gewartet hatte, fing es plötzlich an zu regnen.

Ich stieß einen kleinen Schrei aus, weil ich mich erschrak. Er griff sanft nach mir. »Hab keine Angst vor dem Regen.«

Er rutschte näher zu mir, legte seine Arme um meine Schultern.

Wir saßen jetzt eng umschlugen da, während der Regen auf unsere Körper prasselte.

Ich spürte seine Blicke auf mir und sah ihn an.

Wir schauten uns sekundenlang in die Augen, und schon wie damals, als wir noch Teenager gewesen waren, wusste ich sofort, was kommen würde. Unsere Lippen trafen sich wie Magneten und ließen nicht mehr voneinander.

Ich fand es schön, aber zugleich furchtbar.

Es war eine süße Frucht mit einem bitteren Nachgeschmack.

Als unserer Lippen voneinander ließen, sagte ich: »Wir begehen gerade eine schwere Sünde. Das weißt du, Noah, oder?«

Er legte die Hände auf meine Hüften, während dicke tropfen auf seinem und meinem Gesicht landeten.

»Kann sein«, entgegnete er. »Ich weiß, dass es eine Sünde ist«, sagte ich.

»Warum hast du es nicht abgeblockt«, fragte er mich.

Ich überlegte kurz und sah ihn an. Meine Augen füllten sich mit Tränen und vermischten sich mit Regenwasser.

»Ich sehne mich nach wahrer Liebe, Noah«, antwortete ich und war überrascht von meiner Ehrlichkeit.

»Ohne diese Aufmerksamkeit, diese Liebe fühle ich mich unerträglich einsam.« Bei den Worten flossen noch mehr Tränen.

»Ich verstehe dich. Wenn man jemanden liebt, kann man sich eben nicht zurückhalten. So geht es mir jedenfalls«, sagte er.

»Du liebst mich?«

»Ich glaube, man kann es Liebe nennen, denn Liebe bedeutet, Gefühle füreinander zu zeigen, ohne dass jemand verletzt wird. Das Wohlgefühl des anderen ist deine Leidenschaft.«

Ich schwieg, schaute ihn an, der Regen wurde stärker.

»Ela, wir lieben uns, oder? Wir haben uns schon immer geliebt.«

»Wir beiden sehnen uns nach Liebe. Deswegen können wir die Welt so gestalten, dass es zu uns passt«, sagte er.

»Aber ich müsste dafür meinen Mann verlassen, und davor habe ich große Angst.«

Ich mochte ihn, ja, ich mochte ihn sogar sehr, aber ich war nicht bereit für diesen Schritt, auch, wenn es lächerlich klang, zumal ich mit ihm hier im Regen stand und wir uns gerade geküsst hatten. Ich wollte diese Mauer nicht durchbrechen.

Als er mein Schweigen bemerkte, ließ er von mir los.

Völlig nass vom Regen setzten wir uns in sein Auto. Er machte die Heizung an, damit unsere Kleidung schnell wieder trocknete.

Wortlos fuhren wir zurück. Er hielt einige Straßen von meiner Wohnung entfernt an. Dann nahm er meine Hand, ich ließ es zu. Er zog mich langsam zu sich. Einem Zwang gleich konnte ich nicht widerstehen. Ja, ich wollte ihn küssen, wollte von ihm berührt werden und ließ es auch dieses Mal zu.

Er hatte weiche Lippen, die sich wie Frieden und die Hölle zugleich anfühlten, und das war der Grund dafür, dass ich den Kuss sofort abbrach, als hätte ich mich daran verbrannt.

Ich stieg sofort aus dem Auto, ohne mich von ihm zu verabschieden, ohne ihn noch einmal anzuschauen. Nun war ich offiziell fremdgegangen.

Gebrandmarkt von Noahs Lippen und den Berührungen im Auto, fest davon überzeugt, dass ich wegen dieser Mischung aus Glück und Schande, die ich in mir spürte, Tag und Nacht weinen würde, begab ich mich zur Wohnung. Als ich die Tür öffnete, versuchte ich, all die Gefühle zu verdrängen, sie auf dem Flur abzuschütteln.

Mehmet war zum Glück nicht zu Hause. Ich befreite mich von meinen nassen Klamotten und stieg sofort unter die Dusche.

Das Gefühl der Selbstverachtung war groß.

Ich hatte vor Allah gesündigt und fühlte mich unglaublich schlecht.

Es gelang mir nicht, Noah aus meinem Kopf zu bekommen. Lustlos versuchte ich tagein, tagaus, die Küche, die Mehmet dreckig hinterlassen hatte, zu säubern, die Wäsche zu machen. Ich war in einer Zwickmühle zwischen Religion und Empfinden. Immer wieder spielte ich mit dem Gedanken daran, das Ganze zu beenden. Aber dann passierte etwas, das die Sehnsucht nach Noah steigerte und mir die Kraft verlieh, mich scheiden zu lassen.

Mehmet kam genervt von seinem neuen Job als Lagerist nach Hause. Er war müde, ungepflegt, roch nach Schweiß und hatte einen bedrohlichen Gesichtsausdruck. Im ersten Moment glaubte ich, es würde zu einem Streit kommen. Also ging ich ins Bett. Ich hoffte, dass er sich die Zeit mit Fernsehen totschlagen würde. Aber so kam es nicht. Er trat ins Zimmer und schloss die Tür hinter sich zu. Ich war auf alles gefasst, auf erneuten Sex unter Zwang ebenso wie auf Schläge.

Entgegen meiner Erwartungen erzählte er mit großer Schüchternheit, wie hart die Arbeit sei und wie unfair er behandelt werde, während er mit seinen Fingern durch sein Haar fuhr. Er merkte an, es liege wahrscheinlich daran, dass er Ausländer sei. Seine anfängliche Aufregung legte sich. Atemlos setzte er sich auf die Bettkante und erklärte mir, dass er das nur für uns tue, für unsere zukünftige Familie. Fast hätte er mir leidgetan. Sein Seelenschmerz war offenbar aufrichtig. Aber es interessierte mich nicht im Geringsten, wie sehr er litt. Ich starrte ihn emotionslos an. Vielleicht hoffte er auf eine Antwort von mir. Aber ich sagte nichts, sondern nickte nur. Enttäuscht verließ er das Zimmer.

Ich hörte den Fernseher von Weitem und wusste, dass ich erstmal für einige Stunden Ruhe haben würde.

Plötzlich vibrierte mein Handy. Es war Noah. Mit lautem Herzschlag ging ich ans Telefon.

»Ich wollte wissen, wie es dir geht.«

»Noah, du solltest mich warnen, bevor du mich anrufst. Stell dir vor, er hätte es bemerkt«, antwortete ich nervös.

»Was machst du?«

»Ich wollte gerade schlafen gehen.«

»Wo ist dein Mann?«

»Im Wohnzimmer, fernsehen«, sagte ich mit gedämpfter Stimme.

»Hat es dir gefallen, mich zu küssen?«, fragte er. Diese Frage irritierte mich.

»Ja«, sagte ich. Wärme kroch in mir empor.

»Würdest du es nochmal machen?«

»Ja.«

»Ich denke jeden Tag an dich, Ela. Jeden Tag, hörst du?«

Ich antwortete nicht. Die Unruhe in mir wuchs an.

»Denkst du auch sehr oft an mich?«, fragte er schließlich.

»Ja«, sagte ich.

Bevor wir auflegten, versprachen wir einander, uns so schnell wie möglich wiederzusehen.

Bis dahin telefonierten wir noch paar Mal, meistens morgens, wenn ich zu Hause war und Mehmet bei der Arbeit.

Ich liebte es, wenn das Telefon klingelte. Manchmal telefonierten wir eine halbe Stunde, manchmal auch nur zehn Minuten. Wir sagten uns häufig, dass wir einander vermissten, uns so schnell wie möglich wiedersehen wollten. Er bat mich, mein Telefon immer bei mir zu haben, um seine Anrufe nicht zu verpassen.

Wir redeten über Bücher, die wir gelesen hatten und noch lesen wollten, darüber, dass wir einander gerne küssen und berühren würden Er wollte den Duft meiner Haut spüren, mit mir die Welt bereisen, überall mit mir hin gehen.

Und dann kam der Tag, an dem wir uns wiedersahen.

Bei der ersten Begegnung parkte er sein Auto in einem abgelegenen Ort, an dem kaum Gefahr stand, dass uns jemand sah.

»Es tut mir wirklich leid«, sagte er.

»Ich hätte niemals den Kontakt zu dir abbrechen sollen.«

Ich starrte ihn an. »Wir waren damals Kinder, Noah.«

»Ich …« Ich zögerte kurz und sagte schließlich.

»Ich hätte um dich kämpfen sollen, aber ich hatte zu viel Angst. Es ist auch meine Schuld. Ich schwöre bei Gott, ich wollte dich nicht verletzen.«

»Wir haben uns gegenseitig wehgetan. Jetzt sind wir quitt.«

Dann schwiegen wir beide wieder.

»Ich fühle mich furchtbar wegen des Treffens mit dir, aber irgendwie auch glücklich«, fügte ich hinzu. Er nahm meine Hand, ich drückte sie ganz fest.

Wir sahen uns an und küssten uns lange und innig.

Unsere nächste Begegnung fand nach einem Moscheebesuch statt. Er verließ das Gebäude als Erster und parkte sein Auto erneut an einem Platz, an dem uns keiner erwischen konnte. Nachdem er mir seinen Standort geschickt hatte, lief ich los. 15 Minuten waren es bis dorthin. Wir fuhren zu einem kleinen See.

Ich konnte nicht genug von ihm bekommen, obwohl das Gefühl der Scham mich nicht losließ. Von Zeit zu Zeit war es mir gleichgültig. Ich wollte ihn, und er wollte mich. Ich wollte das fühlen, was Elif mit ihrem Freund fühlte. Ich wollte das fühlen, was ihre Freundinnen fühlten, dieses Verlangen nach einem Mann, der einen genauso sehr wollte wie man selbst ihn.

»Sag mir, dass du mich liebst«, bat ich ihn flehend.

»Ich liebe dich.«

»Sag das nochmal.«

»Ich liebe dich, Ela, mehr als alles andere.« Mir kamen die Tränen, während er mich küsste. Oh Allah, ich habe gesündigt, und ich komme davon nicht mehr los.

Wir machten im Auto weiter, als es dunkel wurde.

Er streichelte meine Oberschenkel, ließ den Autositz nach hinten kippen, legte sich auf mich, nahm mir mein

Kopftuch ab und berührte mich sanft zwischen den Beinen. Doch ich schob ihn weg. Ich konnte es nicht. Ich wollte es nicht, solange ich noch verheiratet war. Auch, wenn es sich paradox anhört, so gab es Prinzipien, die ich nicht brechen wollte.

Ich flüsterte, dass wir warten, diesen Schritt noch nicht gehen sollten. Er respektierte es, küsste mich auf die Wange, sagte, wie sehr er mich liebte und küsste mich wieder auf den Mund. Ich griff nach seinen Wangen, presste seine Lippen gegen meine. Er hatte alles, was ich mir von einem Mann wünschte.

Er hatte Respekt vor meinen Wünschen, und er begehrte mich. Ja, er begehrte mich sehr. Mir wurde klar, dass es Zeit war, mich zu trennen.

An den folgenden Tagen veränderte sich aus mir unerklärlichen Gründen Mehmets Verhalten. Vielleicht war es der Job, der ihm wieder das Gefühl gab, geschätzt zu werden. Jedenfalls waren die Probleme, die er anfangs erwähnt hatte, kein Thema mehr.

Er kam immer öfter gut gelaunt nach Hause, brachte mir kleine Geschenke wie Parfums und Schokolade mir, die er entweder entwendet oder geschenkt bekommen hatte.

Er fragte mich, wie es mir gehe, lobte meine neue Frisur, die ich mir einige Tage zuvor hatte machen lassen (für Noah) und sagte, dass ich von Tag zu Tag hübscher werde. Schließlich lud er mich sogar zum Essen ein.

Noah und ich fuhren immer an abgelegene Orte, küssten uns, lachten miteinander, redeten zwei und manchmal sogar drei Stunden.

Danach brachte er mich beinahe bis zur Haustür, sodass ich befürchtete, wir könnten von einem Nachbarn, schlimmer noch, von Mehmet gesehen werden. Schnell verabschiedete ich mich, gab ihm einen Kuss, sagte ihm, dass ich ihn liebte und stieg aus dem Auto, um rasch die letzten Meter zur Wohnung hinter mich zu bringen.

Als ich ankam, war es schon 21 Uhr.

Ich lief in Richtung Bad, um die Gerüche der letzten Stunden zu beseitigen, da hörte ich eine Stimme.

»Bleib stehen.«

Ich zuckte zusammen und war wie gelähmt. Es war Mehmet, der in der Küche stand.

Mein Herz schlug schneller.

»Wo warst du?«

Ich schluckte schwer.

»Mit Elif im Café.«

Ich blickte ihn vorsichtig an.

»Ziehe dir etwas Schönes an. Wir gehen gemeinsam was essen.«

Er lächelte.

Meine Anspannung löste sich.

»Warum willst du mit mir essen?«

»Ich finde, wir sollten nicht zu oft zu Hause bleiben. Als Ehepaar tut es gut, auch mal rauszugehen.«

Ich war verwirrt, erstaunt, so genau kann ich dir das nicht mehr sagen. Es war schon unnormal, dass sich sein Verhalten in letzter Zeit so gewandelt hatte. Aber das hier überraschte mich noch mehr. »Zieh dir etwas Schönes an«, hatte er gesagt. »Wir gehen was essen«. Einfach so, ohne die Vergangenheit zu beachten, die Dinge, die passiert waren. Ich hatte zugesagt, sah aber schnell ein, dass es kein Dauerzustand war. Spätestens, wenn er wieder Sex brauchte, würde es kippen.

Nach dem Duschen ging ich meinen Kleiderschrank durch und bemerkte, dass ich nur ein Paar High Heels besaß, die ich ein Jahr zuvor getragen hatte, und das einzige Kleid, das mir gut gefiel, jenes war, das meine kleine Schwester mir zu meinem 20. Geburtstag geschenkt hatte.

Allerdings bestand das Problem nicht darin, passende Kleidung zu finden, sondern darin, dass ich im Restaurant so tun musste, als sei ich glücklich mit ihm.

Die Verlegenheit, unter lauter muslimischen Frauen zu sein, die nicht mal im Traum ihren Männern fremdgehen würden, machte es mir umso schwerer.

Beim Anziehen dachte ich darüber nach, ob ich mit Mehmet sprechen und ihm irgendeine Ausrede auftischen sollte. Aber ich entschied mich dagegen, denn ich hoffte, diese gemeinsame Zeit würde mich vor weiteren Eskalationen seinerseits bewahren.

Er fuhr uns mit dem Auto zu einem neu geöffneten persischen Restaurant. Er trug ein neues Hemd, und ich stellte fest, dass er sich die Haare hatte schneiden lassen. Er sah gepflegt aus, roch gut. Ich hatte nur ein wenig Lippenstift und Puder im Gesicht.

Als wir gegen 22 Uhr das Restaurant betraten, begrüßten uns laute orientalische Musik und viele Menschen. Wir strichen uns die Kleidung glatt, Mehmet richtete leicht nervös sein Haar mit der Handfläche. Einige Blicke waren auf uns gerichtet. Ich fürchtete sofort, man könnte in unseren Augen lesen, dass unsere Ehe angeknackst war – in einem Moment der Nachlässigkeit. Wir nahmen an dem für uns reservierten Tisch Platz. Eine junge Frau mit leicht lockigen braunen Haaren und große Augen, die sich als »Ilya« vorstellte, lächelte und fragte, was wir trinken wollten.

»Ein Wasser mit Sprudel«, sagte ich, »eine Cola« Mehmet.

»Ein sehr schönes Kleid und ein sehr schönes Paar seid ihr.«

Ich weiß nicht, ob dieses Kompliment eine Marketingstrategie war, aber plötzlich fühlte ich mich gut. Noch heute denke ich gerne an diesen Abend zurück, wie wir dort saßen, neben uns andere Paare, allein und mit ihren Familien. Er war das erste Mal, dass ich mich neben ihm als Ehefrau fühlte. Dieses Gefühl hatte ich nicht mal bei unserer Hochzeit empfunden.

Da ich daran gewöhnt war, keine Aufmerksamkeit von Mehmet zu bekommen, verlieh mir dieses unvorhergesehene Geschehnis Stärke, ich verlor sofort jede Beklemmung. Meine Befürchtung verschwand, ich sorgte mich nicht mehr um das, was andere über uns denken konnten. Sogar einen Anruf von Noah nahm ich nicht wahr. Einige Gäste erkannten uns. Einige waren mit meinem Vater oder meiner Mutter befreundet. Andere gingen in unsere Moschee. Sie sagten uns, welch ein tolles Paar wir seien. Auch Mehmet bemerkte die Dynamik, diese neue Energie. Er fragte, ob ich noch etwas zu trinken haben, etwas von seinem Essen probieren wolle. Manchmal beobachtete ich ihn und fragte mich, ob er der Mann war, den ich geheiratete hatte. Ich hatte das Gefühl, mit einer zweiten Persönlichkeit zu sprechen.

Als Nachtisch bestellte ich mir einen Obstteller, und zum ersten Mal schmeckte es neben Mehmet gut.

Als wir fertig waren und Richtung Parkhaus liefen, griff er nach meiner Hand. Es war aber nicht dieser besitzergreifende Griff. Es war wie Schnee, der sanft den Boden berührte, mit all seiner Zärtlichkeit und Schönheit. Und ich fühlte mich komischerweise nicht unwohl. Ich vermag heute sogar zu behaupten, ich fühlte mich gut. Im Auto redeten wir. Er erzählte mir von seinem Job, von den lustigen Momenten an seinem Arbeitsplatz. Ich hörte aufmerksam zu, lachte über witzige Situationen, er lachte mit. Als wir zu Hause angekommen waren, lösten wir uns im Schlafzimmer von unseren Klamotten, gingen duschen und machten uns bettfertig. Als ich nur noch in Unterwäsche war und in Richtung Badezimmer gehen wollte, kam er mir näher, flüsterte, wie wunderschön er mich finde. Er streichelte meine Schultern mit der rechten Hand, küsste sie sanft, ging über zu meinem

Hals, legte seine Hände auf meine Brüste, massierte sie sanft. Es war voller Zärtlichkeit, voller Respekt, etwas, was ich von ihm nicht kannte. Ich hatte das Gefühl, Noah berührte mich.

»Hast du Angst?«, fragte er.

»Nein«, entgegnete ich. Tatsächlich empfand ich keine Beklemmung, kein Ekelgefühl. Es war seltsam.

»Komm, lass uns ins Bett.« Ich ließ es zu. Er löste sich von seiner Unterhose und fasste mich an Langsam verlor ich mich in meiner Lust. Ja, wir schliefen in dieser Nacht miteinander. Ich wollte diesen neuen entdeckten Mann probieren.

Nach dem Sex hielt er mich schweigend in den Armen. Er streichelte meine Haare, massierte meine Stirn. Meine Gedanken kreisten.

»Sobald ich genug Geld verdiene, will ich uns ein Haus kaufen«, sagte er. »Ich hab die Nase voll von dieser Wohnung. Wenn ich Nachtschichten mache, kann ich es finanzieren lassen. Was hältst du davon?«

»Ich freue mich, dass du dir solche Gedanken machst«, sagte ich.

»Ich weiß, es wird noch ein paar Jahre dauern. Aber ein Haus wäre ideal für unsere Kinder.«

Das Wort »Kinder« versetzte mir einen Stich.

Ich sagte nichts, hörte nur zu und sah aus dem Fenster. Die Sterne schenkten uns milchiges Licht.

»Lass uns die Tage mal überlegen, was für ein Haus wir gerne hätten. Erzähl mir von deinen Wünschen.«

Ich nickte. Dann nahm er mich sanft in die Arme, als

halte er eine kostbare Vase. Wir waren immer noch nackt. Er hatte abgenommen, und die neue Statur sah besser aus. »Warum wirst du eigentlich nicht schwanger? Ich meine, wir haben es doch oft ohne Kondom getan«, flüsterte er. »Ich weiß es nicht.« Ich schluckte schwer.

»Hm«, sagte er. Mehmet stand auf, wollte sich in der Küche etwas zu essen machen.

Ich hatte mir gewünscht, dass Noah mich bei jedem Treffen küsste, ließ mich aber auch von Mehmet küssen, hatte seine Hände auf mir gespürt, mich aber auch von Noah anfassen lassen.

Ich hatte versucht, dagegen anzukämpfen, war aber immer wieder gescheitert. Ich war eine Sünderin, würde dafür in die Hölle kommen und brennen, da war ich mir sehr sicher.

Unter der Dusche fragte ich mich, ob mein Verhalten normal war. Verhielten sich andere Frauen, die nach tiefer Liebe suchten, anders? Wie würdest du dich als Frau verhalten?

Zuerst hatte ich nur gehört werden, meine Gefühle, meine Gedanken, meine Wünsche mit jemandem teilen, Trost empfangen wollen. Ich schämte mich so sehr, dass ich oft versucht hatte, meine Gedanken in eine andere Richtung zu lenken, es aber nicht geschafft hatte. Es gelang mir einfach nicht. Nach so vielen Treffen liebte ich alles an ihm wie verrückt: seine Hände, seine blauen Augen, seine blonden Haare, seinen Körper...

Und mir kamen sexuelle Fantasien, Vorstellungen von dem, was ich mit ihm ausprobieren wollte und die gegen alles sprachen, was der Islam erlaubte.

Gerichtsakte Nummer 45567, Beweismittel 5 / Video mit Ton / identifiziert als Noah Larus / Video wird erstmals im Gericht vorgespielt. Ein Jahr nach seinem Tod.

»Wir haben sehr oft darüber gesprochen, Ideen gesammelt, sie wieder verworfen, bis wir es perfektioniert hatten.
Natürlich hatte ich Angst. Große Angst sogar.
Ich habe sie getötet, und das werde ich mir niemals vergeben können.

Kapitel 14

Glaubst du an eine zweite Chance?

Die Geschehnisse der letzten Tagen verwirrten mich sehr, und das erkannte auch Noah bei unserem nächsten Treffen. Still und nachdenklich saß ich neben ihm im Auto, wusste nicht, wie es weitergehen sollte, aber ebenso, dass sich etwas ändern musste.

Trotzdem traf ich mich weiter mit ihm. Ich erzählte Noah von den Veränderungen in meiner Ehe, von Mehmets neuer Seite, aber er reagierte anders, als ich angenommen hatte, sagte, dass es doch eine gute Sache sei und ich mich über sein Bemühen freuen solle, stolz sein könne. Ich wurde sauer, fragte mit spöttischem Tonfall, auf was ich stolz sein könne und wie es ihn gefallen würde, wenn ich mich nicht mehr mit ihm träfe, da es in meiner Ehe ja gut laufe.

Noahs Aussage wertete ich als klaren Beweis dafür, dass er mich nicht liebte, dass er mich nicht wollte, wahrscheinlich froh wäre, wenn ich mich wieder mit Mehmet versöhnen würde. Er versuchte, mich zu beruhigen, sagte mir, dass er es nicht böse gemeint habe und sich natürlich wünschte, mit mir zusammenzukommen. Aber ich verlor allmählich das Vertrauen.

Meine Gefühlswelt durchlebte einige Veränderungen.

Einige Tage später trafen wir uns bei meinen Eltern, und auch sie bemerkten den Wandel.

Es war sehr befremdlich für mich. Ich rückte in den Hintergrund. Wir kamen um 15 Uhr an. Mehmet fand sich schnell mit meinem Papa vor dem Fernseher wieder, während meine Schwester, meine Mutter und ich in der Küche tuschelten.

Die meiste Begeisterung für Mehmets Motivation und äußerliche Veränderung zeigte natürlich mein Vater.

Am Esstisch ergab sich aus heiterem Himmel ein Gespräch, das mich überraschte. In Gegenwart aller sagte meine Mutter in dem Tonfall, den sie an den Tag legte, wenn sie erfreut war:

»Dein neuer Job tut dir richtig gut. Toll, wie du abgenommen hast. Mashallah. Schön schlank ist mein Schwiegersohn geworden.«

Mehmet grinste, als hätte er einen Pokal gewonnen.

»Ja, ich achte jetzt mehr auf mein Gewicht.«

Er sah meinen Vater an und sagte:

»Ich und Ela planen, in den nächsten Jahren ein Haus zu kaufen.«

Mein Vater schaute uns mit großen Augen an.

»Das ist großartig, wirklich großartig. Eine gute Investition in die Zukunft.«

Er schaute mich freundlich an. Ich versuchte, ein schiefes Lächeln aufzusetzen.

Dann unterhielten sich mein Vater und Mehmet über die Immobilienbranche und diskutierten, wo man hier in Berlin die besten Wohnungen bekommen konnte. Mein Vater ließ einige lustige Kommentare vom Stapel, und alle lachten.

»Jetzt müssen wir nach sieben Jahren nur noch Großeltern werden.«

»Bist du schwanger?«, erkundigte sich Dilara skeptisch.

Ich antwortete nicht, wich aus und fragte, wie es mit der Schule laufe. Aber diese Gespräche, diese neue Ausgelassenheit steigerten meine Stimmung. Die Vorstellung und der mit ihr verbundene Schmerz, das Beisammensein mit Noah weiterzuführen, rückten immer mehr nach hinten. Vielleicht hieß Liebe nicht das, was ich mit Noah erlebte, vielleicht war Liebe das, was ich an diesem Tisch beobachten konnte. Harmonie und Frieden. Ja, so war es in diesen Tagen, und für welchen Preis sollte ich das kaputt machen?

Die Lebensumstände, in die ich mich selbst gebracht hatte, verbesserten sich. Er selbst sorgte dafür, und sie begannen sogar, mir zu gefallen. Wie durch ein Wunder hörte ich langsam auf, an Mehmet zu zweifeln, der Zeit vor meiner Ehe hinterher zu trauern. Ich schrie immer seltener nach Freiheit. Kurz gesagt, ich fühlte mich irgendwie wohl mit Mehmet. Komisch, diese Worte ausgerechnet von mir zu hören, oder? Für mich selbst ist es genauso merkwürdig, wenn ich es dir gerade erzähle. Ich empfand diesen Umbruch als Erlösung. So beschämend auch mein Verhalten in den vergangenen Wochen und Tagen gewesen war, nun waren Mehmet und ich quitt. Er hatte mich misshandelt und geschlagen, ich ihn betrogen. Ja, wir standen uns in nichts nach.

Mehmet konnte das Böse aus seinem Herzen verdrängen und mich positiv überraschen. Vielleicht musste man solche Dinge einfach ertragen, bis es besser wurde.

Eines Morgens, als er frei hatte, lagen wir zum ersten Mal seit Langem kuschelnd im Bett, sagten einander liebe Worte und frühstückten dann gemeinsam. Ich erinnerte mich an die Hochzeitsnacht, die für mich zu einem Alptraum geworden war. Unvorstellbar, dass sich alles so drastisch verwandeln konnte!

Die unzähligen Gewalttaten, die ich erfahren hatte, kamen mir in den Sinn.

Aber jetzt, als wir am Frühstückstisch saßen und uns in die Augen schauten, dachte ich: *Es wäre eine Schande, unsere Ehe mit solchen Gedanken zu verderben.* Ich wollte ihnen keine Aufmerksamkeit mehr schenken und näherte mich Mehmet wieder an. Unsere Liebe hatte eine zweite Chance verdient.

Doch dann fand ich etwas heraus, was sich wie ein Baseballschlag auf die Schläfe anfühlte, wie ein Erbeben, das alles zum Einstürzen brachte.

KAPITEL 15

Können Menschen für Immer treu bleiben?

Ich hatte mich schon ganze zwei Wochen nicht mehr bei Noah gemeldet, obwohl er mich täglich anrief und mir schrieb. Auch in die Moschee ging ich nicht mehr, um ihm dort nicht begegnen zu müssen. Eines Tages rief Elif an. Sie sagte, sie müsse mit mir reden, es sei sehr wichtig. Wir machten eine Uhrzeit aus.

Ich überlegte die ganze Zeit, was es sein konnte. Vielleicht wollte sie mir mitteilen, dass sie verlobt sei, schwanger sei von ihrem Freund.

Ich duschte lange, trocknete mir sorgfältig die Haare, zog meine hellblaue Jeanshose an, eine weiße Bluse, weiße Air Force, mein Kopftuch und machte mich auf den Weg zu ihr nach Hause. Unterwegs kamen mir Bedenken, Elif könnte mir erzählen, Leute hätten Noah und mich im Auto gesehen.

Im Café sah ich Elif nicht sofort und hoffte kurz, dass sie nicht kommen würde. Aber dann hörte ich, wie sie mich rief.

Sie saß an einem Tisch gegenüber von der Bar, die Hände um einen Kaffeebecher gelegt. Ihre Haare waren zu einem Dutt gebunden. Sie trug eine schwarze Sonnenbrille und war komplett in Schwarz gekleidet, als sei sie in Trauer oder auf der Flucht.

Ich setzte mich neben sie.

»Wie geht's dir, Ela?«

»Gut.«

»Und Mehmet?«

»Dem geht es auch gut.«

Wir schwiegen. Die Kellnerin kam und stellte sich als Rumeysa vor, ein türkisch aussehendes Mädchen mit langen, dunkelbraunen Haaren und ebenso braunen Augen.

Ich bestellte einen Cappuccino.

»Was wolltest du mir sagen, Elif?«

Ihre Augen strahlten große Traurigkeit aus.

»Es tut mir weh, dir das sagen zu müssen, Ela.«

Ich schwieg und schaute sie irritiert an.

»Ich war heute an meinem Briefkasten und habe das hier gefunden.«

Sie räusperte sich und holte einen Umschlag aus ihrer Tasche.

»Was ist das?«

Elif warf ein einen Blick zur Bar, als wollte sie Energie tanken, und dann wandte sie sich wieder mir zu.

»Sag schon, Elif.«

Sie schaute mir geradewegs in die Augen.

»Es sind Bilder von Mehmet und einer fremden Frau.«

Ich schaute sie fragend an.

Sie öffnete den Umschlag und zeigte mir fünf Bilder.

Sie zeigten, wie Mehmet Hand in Hand und bei teilweise den Arm um ihre Schultern legend, mit einem Mädchen in eine Shisha-Bar saß.

Ich schüttelte den Kopf.

»Was zum Teufel ist das alles? Von wem hast du diese Bilder?«

»Ich weiß nicht, wer mir das geschickt hat, Ela. Aber dein Mann betrügt dich. Wer das auch immer gemacht hat, wollte, dass du es weißt.«

Mein Herz bebte, ich hatte das Gefühl, dass sich mein Geist langsam von meinem Körper löste. Mit einer wirschen Handbewegung versuchte ich, meine Tränen zu stoppen.

»Ich muss nach Hause«, flüsterte ich.

Sie sollte mich nicht weinen sehen.

Kühl, ohne mit einer Wimper zu zucken, sagte sie: »Lass uns ihn umbringen. Wenn nicht, sollten wir ihm wenigstens die Eier abschneiden.«

Sie wartete auf eine Reaktion, wollte, dass ich ihr meine Emotionen offenbarte, weinen, sie um Hilfe bitten würde.

»Elif, hör auf. Wir machen gar nichts. Ich werde einfach

nach Hause gehen, und du wirst es für dich behalten.« Mit einem Kopfschütteln bekräftigte ich meine Worte.

Sie sah mich an, mit einem Blick, der mir verdeutlichte, dass sie nicht glauben konnte, was sie da gerade hörte. Immerhin hatte sie mir erzählt, dass mein Mann neben mir eine Freundin hatte und das nicht mal zu verheimlichen, nicht mal zu verstecken versuchte. Ich war wütend auf mich selbst, hatte ich doch geglaubt, Mehmet und ich würden jetzt einen Neuanfang schaffen. Das Schlimmste in diesem Moment war aber, Elif in die Augen zu schauen und zu erkennen, dass ich vom Leben bestraft wurde, während sie glücklich zu ihrem Freund fahren konnte.

Beim Aufstehen griff sie nach meinem Arm und sagte leise, fast schon in einem Befehlston: »Ich bin für dich da, hörst du?«

Ihr zunickend verließ ich das Café.

Ich war gebrochen. Auf dem Weg zur Bushaltestelle holte ich mit feuchten Augen mein Handy aus der Tasche und rief Noah an, erzählte ihm weinend, dass ich ihn sehen wollte, ihn jetzt brauchte.

Er musste arbeiten, hatte aber um 17 Uhr Feierabend und würde mich dann abfangen. Ich ging zu einem Park und setzte mich auf eine Bank. Die Trauer übermannte mich, Tränen kullerten über meine Wangen.

Vier Stunden später holte Noah mich ab. Meinen Kummer verbarg ich zunächst.

Er ließ mich in Ruhe, als ob er wusste, was mir passiert war.

Der gute Mann, den Mehmet hatte verkörpern wollen, wurde nun zu einem Mann, der meine Seele mit mehreren Messerstichen geschunden zurückließ.

Endgültig hasste ich nun alles an ihm, sein Gesicht, seinen Geruch, seine Stimme, seine Gestik und seine Mimik.

Ich wurde unruhig, meine Hand zitterte vor Wut.

Noah hielt an einem Hotel. Ich schaute ihn fragend an. Mit ernster Miene sagte er: »Ruf deinen Mann an. Sag ihm, du schläfst bei einer Freundin. Auf gar keinen Fall lasse ich dich in deinem Gefühlszustand zu ihm.«

»Das kann ich nicht machen, Noah«

»Das ist mir egal«, entgegnete er. Seine Stimme, hatte diese Zärtlichkeit verloren, aber er hatte Recht. Wer wusste, was passieren würde, würde ich jetzt nach Hause fahren? Mehmet hätte wahrscheinlich sofort bemerkt, dass etwas nicht stimmte. Ich rief ihn vom Auto aus an, sagte ihm, dass es Elif nicht gut gehe, dass sie sich mit ihrem Freund gestritten habe und ich für sie da sein wolle.

Er sagte nur, dass es für in Ordnung sei. Wahrscheinlich würde er sich mit seiner Nutte treffen. Ich wollte gar nicht wissen, wie oft sie sich bei uns zu Hause getroffen und in unserem Bett geschlafen hatten. Noah checkte für uns ein.

Ich legte mich samt meinen Klamotten in Embryohaltung auf das Bett. Es beruhigte mich ein wenig.

»Alles gut?«, fragte er, als er sich von seiner Jacke befreit hatte.

Dann kam er zu mir ins Bett, umschlang mich sanft mit seinen Armen und drückte mich fest an sich. Ich ließ es zu.

Sekunden später brach ich in Tränen aus und sagte mit erstickender Stimme:

»Ich will einfach nur glücklich sein, Noah.«

Noch immer konnte ich nicht richtig begreifen, was passiert war.

Aber eines wusste ich jetzt: Ich war nicht die Böse, die ihren Mann betrug, nein, er betrog mich selbst, und das wahrscheinlich schon sehr lange, vielleicht Jahre.

Ich war nicht falsch, ich war nicht, diejenige, die ihren Mann hinterging. Ich tat nur das, was er schon lange machte. Er holte sich, was er brauchte, was er wollte. Warum sollte ich als Frau nicht dasselbe Recht haben?

Ich spürte Noahs Hände auf meinen, drückte mich fest an ihn. Meine Sehnsucht nach ihm wollte sich nicht mehr beruhigen. Ich dachte nur noch an ihn, wollte alles von ihm.

Ich drehte mich um, sah ihm tief in die Augen, küsste ihn, streichelte seine Haare, presste nochmals meine Lippen sanft auf seine. Meine Tränen vermischten sich mit dem Geschmack unserer Lippen. Er fasste an meinen Hintern. Von Lust getrieben, löste ich mich von meinem Kopftuch, von meinem Pullover, meiner Jeans.

Er griff zwischen meine Beine, ich stieß einen lustvollen Seufzer aus. Er legte ebenfalls seine Jeans und sein Shirt ab.

Dann umschlang er mich mit seinen Armen, als hätte er Angst, ich könnte mich in nichts auflösen.

Sanft legte er mich auf den Rücken und ebenso sanft bewegte er seinen Warmen, zarten Körper auf meinen.

Er küsste mich nochmals auf die Lippen.

»Ich liebe dich, Noah«, sagte ich leise.

»Ich liebe dich auch, Ela«, flüsterte er zurück, und dabei kamen diesmal ihm die Tränen. Ich hatte ihn noch nie weinen sehen, und es löste Unruhe in mir aus.

Ich zog meinen Slip aus, löste den Verschluss von meinem BH und legte ihn ab.

Dann drang er sanft in mich, und ich stieß ein lustvolles Stöhnen aus.

All der Schmerz, all die Wut, die Enttäuschungen des Lebens lösten sich in dieser Sekunde in nichts auf.

Tief begrabene Gefühle brechen in uns aus, wenn Leidenschaft uns Trost schenkt.
Der Duft deiner Haut webt einen Schleier über meinem Körper. Deine Berührungen, die Eruption tiefer Liebe haben die Kraft, all den Hass auf dieser Welt zu vernichten. Du bist Träger einer Schönheit, die mich fasziniert.
Du bist mein Leben, meine ewige Passion.
Ich will nicht nur deinen Körper, sondern ich verlange nach deinem Herzen, das
sich mit deinem Charakter vereint und eine Wärme ausstrahlt, die meine irdische Hölle in ein Paradies verwandelt.

»Die nächsten Tagen werden die Hölle werden, Noah«, seufzte ich mit trauriger Stimme, als wir Arm in Arm im Bett lagen.

Er streichelte meinen Kopf und tröstete mich, sagte, dass alles gut werden und dass er mich niemals im Stich lassen würde.

»Du musst dieses Leben nicht leben, Ela, hörst du?«

Ich wünschte, er hätte Recht. Es war viel schwieriger, als er es sich vorstellen konnte.

»Ich werde für immer unglücklich sein, Noah.«

Traurig sah er mich an. Leise, mit Angst in der Stimme, Angst vor seiner Antwort, fragte ich ihn:

»Willst du mit mir zusammen sein?«

Er schaute mir tief in die Augen. »Ja.«

Dann räusperte er sich und sagte:

»Lass uns abhauen, Ela.«

»Wohin?«

»Du hast ja von Kroatien erzählt, Zadar oder Split. Wenn du willst, können wir dorthin.«

»Würdest du das wirklich machen?«

»Ja.« Er streichelte über meine Wange. »Morgen früh wirst du deine Sachen packen. Alles, was notwendig ist, vor allem deinen Pass. Ich werde die Vorbereitungen treffen, die Tickets besorgen, uns eine Airbnb-Wohnung für einen Monat buchen, und dann schauen wir, wie es weitergeht.«

Mit ernster Miene fügte er hinzu:

»Wichtig ist, dass du bei mir bist, dass ich dich beschützen kann.«

Ich nickte, fühlte mich unendlich geliebt, ein Gefühl, das mir in dieser Sekunde Frieden brachte.

Ja, ich würde mit ihm abhauen.

Ich vertraute ihm, wusste, dass er es ernst meinte, wusste, dass er mich niemals im Stich lassen, mich niemals betrügen würde.

Bevor ich dir erzähle, wie es weiterging, muss ich noch etwas Wichtiges erwähnen, etwas, das ich fast vergessen hätte:

In der vergangenen Nacht hatte ich eine Beobachtung gemacht, die mich etwas verunsicherte.

Ich war aufgewacht und hatte bemerkt, dass Noah nicht da war. Aufgeregt hatte ich zunächst angenommen, er sei gegangen, ohne sich zu verabschieden. Dann hatte ich Licht im Badezimmer wahrgenommen. Da sich nichts tat, war ich aufgestanden, um zu fragen, ob alles in Ordnung sei. Aber als ich hatte klopfen wollen, hatte ich ihn mit jemandem sprechen hören. Also hatte ich innegehalten und gelauscht. Er hatte telefoniert. Viel hatte ich nicht verstehen können, weil er immer wieder eine Pause eingelegt hatte.

Ich weiß nicht, ob es nur Einbildung war, aber ich hätte schwören können, eine Frauenstimme am anderen Ende der Leitung zu vernehmen, die mir bekannt war.

Ich hatte gehört, wie er sagte: »Ich brauche mehr Zeit, der Plan wird Funktionieren.«

Von welcher Zeit hatte er geredet? Mit wem hatte er telefoniert? Von welchem Plan hatte er gesprochen?

Mein Kopf hatte vor Fragen gebrannt. Dann war es plötzlich eine Weile leise gewesen.

Ich hatte Unsicherheit in seiner Stimme wahrgenommen.

»Nein, nein. Ihr könnt euch auf mich verlassen. Die Städte, in denen es passieren wird, sind vorbereitet. Nach dem großen Knall wird ganz Deutschland davon berichten. Der Islam wird endlich gehört werden.«

Ich hatte mich entschlossen, zu klopfen. Noah hatte das Gespräch unterbrochen. Stille. Dann hatte er die Tür geöffnet. Ich hatte sofort nachgefragt, mit wem er telefoniert hatte. Er hatte gelächelt und gesagt, dass es die Arbeit gewesen sei, dass sie einem so viel Stress machten.

Er hatte gelogen, ja, er hatte mich angelogen, und ich spürte noch später im Bett ein Brennen im Herzen. Was war hier los?

KAPITEL 16

Was bedeutet Zwiespalt für dich?

Noah

2 Wochen zuvor...

Noahs Vater starrt seinen Sohn über den Esstisch hinweg an, an dem beide abends in aller Stille saßen.

Man hörte nur gelegentlich das Klirren einer Gabel oder ein Räuspern.

Heute hatte er es zum ersten Mal geschafft, nüchtern zu bleiben, nichts zu trinken, dachte sich Noah. Es fühlte sich wie ein kleiner Sieg über das Böse an.

Er hatte wie immer etwas vom Asiaten mitgebracht und das Ganze auf Tellern angerichtet, damit es etwas liebevoller aussah.

Seit Vater fragte sichtlich unsicher:

»Glaubst du, es ist gut, dich mit diesen Leuten einzulassen?«

Er wartete geduldig auf eine Antwort, aber Noah sagte nichts, sondern schob sich seelenruhig Nudeln in den Mund.

Abermals räusperte sein Vater sich, suchte nach den richtigen Worten.

»Ich meine, diese Leute sind gefährlich. Man hört nichts Gutes über sie.«

Noah wurde unruhig. Um seine Emotionen kontrollieren zu können, griff er zu seinem Glas Wasser und versuchte die Aufregung runterzuschlucken.

»Ich meine, ich will dir nichts vorwerfen. Du gehst deinen eigenen Weg. Das verstehe ich. Aber diese Leute sind abgrundtief böse.«

Aus dem Nichts hämmerte Noah seine Faust auf den Tisch. Der Vater schreckte hoch.

Die Teller und das Besteck erzeugten einen unangenehmen Ton.

»Erklär mir bloß nicht, was böse ist«, sagte er mit zusammengebissenen Zähnen. Der Vater war still, sagte nichts, traute sich nicht mehr.

Als Noah den Tisch abräumen wollte, fing der Fuß seines Vaters an zu zittern. Er wusste, was das zu bedeuten hatte.

Er hatte wieder das Verlangen nach Alkohol, der Drang überkam ihn immer wie eine Welle. Sobald er das Haus verlassen hätte, würde er sich eine der Flaschen aus seinen unzähligen Verstecken holen.

Aber inzwischen war es ihm egal.

Er hoffte an manchen Tagen sogar, dass er an seiner Alkoholsucht sterben würde.

Als er an der Spüle stand, vibrierte plötzlich sein Handy.

Er holte es aus seiner Hosentasche. Eine Nachricht:

»In 10 Minuten.«

Sein Herzschlag beschleunigte sich.

Er verabschiedete sich von seinem Vater, ohne ihn eines Blickes zu würdigen, und griff nach seiner Jacke.

Die Wolken zogen sich zusammen, als Noah seinen Wagen in den Kreisverkehr lenkte.

Er parkte ihn auf dem Parkplatz eines Supermarkts.

Tief atmete er ein und wieder aus.

Wie aus dem Nichts kamen Erinnerungen hoch – Erinnerungen, die wie ein bissiger Hund in seinem Kopf wüteten. In seinen Gedanken sah er sie, wie sie in der Badewanne lag. Er wusste, dass es kein Selbstmord war. Sie hatte sehr oft gesagt, dass sie bald getötet würde, dass man sie umbringen werde. Und er wusste, wer es getan hatte, wer es nur gewesen sein konnte.

Tränen kullerten Noahs Wangen herab. Er dachte an Ela, die einzige Person, die ihm noch Frieden gab. Die Treffen mit ihr bewahrten ihn davor, zu zerbrechen. Doch sie meldete sich immer seltener, als ob sie Abstand von ihm nahm. Aber irgendwie verstand er das auch. Sie war verheiratet, war im Zweifel. Er wollte sie nicht noch mehr stressen. Die Situation war schon schwer genug für beide.

Er sagte sich, dass er warten, geduldig sein würde.

Zugleich wusste er, dass er sie aus dieser Situation befreien musste.

Ja, er würde sie bei der nächsten Gelegenheit fragen, ob sie mit ihm weggehen würde. Aber vorher musste er den Plan zu Ende bringen. Sie hatte von Kroatien erzählt. Ja, Kroatien war ein schönes Land. Er konnte sich das gut vorstellen mit ihr. Er würde geduldig abwarten, bis sie sich meldete, denn er war sich sehr sicher, dass sie es tun würde, früher oder später.

Plötzlich bemerkte er einen schwarzen Mercedes A-Klasse, der auf den Parkplatz fuhr und einige Meter neben ihm Halt machte. Er erkannte zwei bärtige Männer mit düsterem Gesichtsausdruck. Ihm war bekannt, was er zu tun hatte. Somit verließ er sein Auto und stieg nachdenklich in den Fond ihres Fahrzeugs.

KAPITEL 17

Was ist eine Trennung?

Am nächsten Morgen wachte ich so gegen 10 Uhr auf. Wir duschten, hatten noch einmal Sex und machten uns fertig für den Check-out. Ich fürchtete mich davor, nach Hause zu fahren, davor, auf Mehmet zu treffen, davor, mit meinen eigenen Gefühlen konfrontiert zu werden. Gleichzeitig trieb mich die Sorge um, Noah nicht mehr vertrauen zu können, aber vielleicht bildete ich mir alles nur ein. Vielleicht hatte sich das Telefonat wirklich nur um die Arbeit gedreht. Doch wie ein Blitz kam mir die Frage, wer zum Teufel um 3 Uhr morgens ein Arbeitstelefonat führte.

Als wir im Flur des Hotels standen, passierte etwas, das ich niemals für möglich gehalten hätte.

Beim Auschecken hielt ich einen gesunden Abstand zu Noah, um möglichen Beobachtern keine verdächtigen

Hinweise zu liefern, und sah mich ein wenig um. Ich bemerkte einen jungen Mann, der mich mit seinen Blicken regelrecht röntgte. Zunächst wollte ich es nicht glauben, doch ein zweiter Blick bestätigte mir, dass es sich um Ibrahim handelte, der die Hotelangestelltenkleidung trug.

Mir rutschte das Herz in die Hose, und ausgerechnet in dem Moment kam Noah zu mir. Er legte eine Hand sanft auf meine Hüfte. Ich versuchte, mich von ihm loszueisen. Verdutzt schaute er mir hinterher, als ich eilig das Hotel verließ.

Die Situation war einfach fürchterlich. Mein Herz explodierte nahezu. Ich setzte mich ins Auto, atmete schwer. Noah kam hinzu. Er fragte mich, was los sei. Ich erklärte es ihm. Er sagte, ich solle mich beruhigen und fragte, ob Ibrahim meinen Mann kannte, Kontakt zu meiner Familie habe. Ich schüttelte den Kopf.

Er sagte, ich solle mir keine Sorgen machen.

Wenn ich zu Hause ankomme, solle ich einfach sofort einpacken und die Wohnung so schnell wie möglich verlassen.

Wurde ich für die vergangene Nacht mit Noah bestraft? Und Mehmet?

Hatte er nicht dasselbe getan? Warum wurde er nicht bestraft, während Allah mich jede meiner Sünden sofort spüren ließ?

Als wir ankamen, 10 Minuten Fußweg von der Wohnung entfernt, traute ich mich nicht, die letzten Meter hinter mich zu bringen, flüchtete mich in Ausreden.

Noah machte mir deutlich, dass kein Weg daran vorbeiführte. Ich benötigte meinen Pass und zumindest das Wichtigste an Kleidung und Utensilien. Seine Entschlossenheit klang anders als sonst, souverän, als sei es nicht nötig, aufgelöst zu sein. Sobald ich alles beisammenhabe, solle ich ihn anrufen. Er werde auf mich warten.

Zu Hause angekommen, setzte ich so schnell wie möglich um, was wir verabredet hatten. Im Bad in meiner Schmink-Schublade hatte ich 500 € für Notfälle versteckt. Auch diese holte ich und verstaute sie in meiner Tasche, die ich neben der Kommode im Flur anstellte.

Unvermittelt hörte ich, wie jemand die Wohnungstür öffnete.

Ich war in Schockstarre. Es war nicht seine Uhrzeit.

»Bist du da?«, fragte er.

Ich überlegte fieberhaft, was ich sagen sollte. Er kam mir entgegen.

Ich begrüßte ihn mit einem falschen Lächeln. Er küsste mich auf die Wange. Mir wurde schlecht. Ich fürchtete, dass mein Plan, abzuhauen, in dieser Sekunde zerstört wurde.

»Alles klar?« Er schenkte mir ein müdes Lächeln.

Sofort spürte ich, dass etwas nicht stimmte, als plagte ihn etwas.

»Lass uns in die Küche gehen und etwas zu essen bestellen« Ich wollte nicht, folgte ihm aber vorsichtig und zittrig, mein Handy in der Hand haltend.

Er öffnete den Kühlschrank und nahm sich die Verpackung Orangensaft heraus, öffnete sie und trank aus ihr. Diese Gewohnheit würde er nie ablegen. Während ich fragte, was er essen wolle, sah ich sein nachdenkliches Gesicht. Es hatte Züge angenommen, die mir Angst machten, als ob er mich verachtete.

Er verließ die Küche, kam einige Minuten später wieder.

»Möchtest du auch etwas trinken?« Sein Ton hatte etwas Aggressives.

Ich schüttelte eingeschüchtert den Kopf.

»Heute möchte ich früh schlafen. Ich habe morgen einen Termin«, erklärte ich ihm.

»Wirklich?« Er zog die Augenbrauen hoch.

»Erzähl mir von deinem Termin«, sagte er grinsend, nahm den Stuhl und schob ihn in meine Richtung, bedeutete mir, dass ich Platz nehmen sollte.

Es hörte sich wie eine Anweisung an. Ich setzte mich. Mein Herzschlag beschleunigte sich. Ich räusperte mich.

»Mir ging es nicht gut. Ich muss zum Frauenarzt. Vielleicht bin ich ja schwanger.«

Ich schaute ihn an, wartete auf eine Reaktion.

»Ich hätte gerne einen Burger und Pommes«, sagte er.

Ich schaute ihn irritiert an.

Er zeigte auf mein Handy.

»Wir wollten doch was bestellen«, sagte er.

Reflexartig griff ich nach dem Gerät und gab die gewünschte Bestellung teilnahmslos auf.

»Abgesendet«, sagte ich ihm leise.

»Heute kam bei der Arbeit ein Mann zu mir. Sein Name ist Ibrahim.«

Mir blieb die Luft weg. Mein Herz pochte. Blut schoss mir in den Kopf.

Er wartete ab, ob ich etwas sagen wollte, aber ich schwieg, aus Angst, mich selbst zu belasten. »Er hat mir einige Dinge über dich erzählt. Kannst du dir vorstellen, was es sein könnte?« Erneut setzte er ein Lächeln auf.

Es machte mir Angst.

Ich schüttelte den Kopf.

»Hm, okay. Dann helfe ich dir mal.« Er räusperte sich.

»Er sagte, dass du dich mit einem Mann triffst. Stimmt das?«

Ich schluckte schwer.

»Ich habe mich nur einmal in der Bücherei mit jemandem getroffen, wegen der Bücher. Meinst du das?« entgegnete ich mit zittriger Stimme.

»Bücherei also?« Mehmet lachte.

»Er hat erzählt, dass er euch beide in der Moschee beobachtet hat und jetzt auch noch in der Bücherei.«

»Was ist denn schon dabei?«, antwortete ich. »Wir haben über Bücher geredet. Das war's auch schon.« Das Hotel wollte ich nicht erwähnen, sondern abwarten, was er dazu sagen würde. Sollte er es erwähnen, würde ich einfach angeben, dass ich mich dort zu bewerben beabsichtigte, wenngleich er mir das verboten hatte. Mein Kopf arbeitete.

Er lächelte immer noch. Ich traute mich nicht, ihm die Augen zu sehen.

»Noch was.« Jetzt faltete er seine Hände und legte seine Ellbogen auf den Tisch. Sein Blick wurde finster.

»Er hat dich mit einem Mann im Limanio-Hotel gesehen.«

»Nein.«

»Und er sagte mir auch, dass du dich bei der Arbeit an ihn rangemacht hast.«

»An Ibrahim? Nein, das stimmt nicht.« Mein Körper zitterte.

»Du hast immer wieder versucht, ihn anzusprechen und sogar angeboten, dich von mir zu trennen, weil ich dich angeblich schlage. Du hast ihm angeboten, zu ihm zu ziehen.«

Mein Herz brannte vor Wut und Angst.

»Das stimmt nicht. Es ist eine Lüge«, sagte ich mit vor Hilflosigkeit zitternder Stimme.

»Also ist alles gelogen?«

»Ja.«

Seine Hand vibrierte und ich bekam Panik. Die Zeichen waren mir vertraut. Ich fühlte die Wut, die sich bei ihm entwickelte und wusste, dass ich jetzt aufstehen, zur Tasche greifen und so schnell wie möglich diese Wohnung verlassen sollte. Ich erhob mich, und im nächsten Moment schleuderte er die Orangensaftverpackung gegen die Wand. Sie erzeugte einen lauten Knall, als sie auf den Boden fiel und sich entleerte.

Plötzlich brachen all seine Emotionen aus ihm heraus.

»Du Hure! Er wusste, dass du lügen wirst. Er hat ein Foto

von der Videoüberwachung gemacht! Von dir, du kleine Hure! Er hat dir an die Hüfte gepackt!«

»Mehmet, hör zu, es ist nicht das …«

Ich konnte den Satz nicht beenden. Er gab mir eine Ohrfeige, sodass ich die Balance verlor und auf den Boden fiel. Mein Handy landete neben mir.

»Du verfickte Schlampe! Sag mir die Wahrheit«, brüllt er mich an und kam mir bedrohlich näher.

Das Spiel war vorbei. In dieser Sekunde sah ich, wie meine Welt in tausend Scherben zersprang.

Seine Augen spuckten Feuer. Er beugte sich über mich, packte mich mit aller Härte am Hals und schnürte mir die Luft zu. Ich krallte mich mit meinen Fingern in seine Arme. Das hatte ich schon mal erlebt, und mir kamen die Tränen, weil ich wusste, dass es ein hoffnungsloses Unterfangen war, zu versuchen, mich zu befreien.

»Komm schon, Ela. Sag mir die Wahrheit. Hast du eine Affäre?«

Mit gequälter Stimme sagte ich: »Lass mich los, bitte lass los…« Er ließ von mir ab. Ich rollte mich auf die Seite. Schwer atmend versuchte ich, nach meinem Handy zu greifen, die Polizei zu rufen. Er drückte meine Hände auf den Boden.

»Sag es mir. Hast du eine Affäre, verdammte Scheiße?«

In dieser Sekunde wusste ich, dass ein Nein lebensgefährlich werden konnte, aber ein Ja auch. Egal, was ich sagen würde, es wäre so oder so mein Ende.

In dieser Erkenntnis verlor ich alles in mir, die Angst, die Wut. Ich wusste, dass es vorbei war. Also ließ ich mich wie ein Fliegenschwarm von meinen Worten leiten. Leise und mit Tränen in den Augen sagte ich: »Ja.« Ich spürte, dass er meinen Arm noch fester drückte. Es schmerzte.

»Wieso hast du das getan?«

Er sah mich voller Wut und Enttäuschung an.

»Weil ich dich hasse. Ich hasse dich. Du hast mich betrogen. Du hattest andere Frauen. Ich habe Bilder gesehen.« Ich gab mir Mühe, nicht in Tränen zu ersticken.

Er ließ mich los, stand auf und ging einige Schritte zurück.

»Bilder, welche Bilder?«

»Ich weiß nicht, vom wem, aber du warst in der Shisha-Bar mit einer, Hand in Hand.«

Er blickte ins Leere, wie jemand, der von einer Kugel getroffen worden war und es nicht realisieren konnte.

Dann lächelte er, sah mir direkt ins Gesicht.

»Du bist mir also gefolgt und hast Bilder von mir gemacht?«

Er lachte wieder. Ich schaute ihn fassungslos an, traute mich nicht, zu sagen, dass ich selbst nicht wusste, woher die Bilder kamen.

»Weißt du, warum ich es getan habe? Weil ich ein Mann bin. Männer brauchen Sex, und du hast ihn mir nicht gegeben.«

Ich richtete mich auf, meine Beine waren vor Angst weich wie Butter.

»Ich wollte einfach nur das, was ein Mann braucht. Es hatte keine Bedeutung für mich. Aber du bist eine Frau mit Kopftuch, und du triffst dich mit Männern in Hotels, du Hure.«

Mein Handy klingelte. Ich bemerkte, dass es die Nummer von Noah war. Dann folgte eine Nachricht.

»Ist das seine Nummer?«

Ich schwieg.

Er hob das Handy auf und schaltete das Display an. Ich sah, wie er etwas las. Es musste eine lange Nachricht sein. Dann sah er mich plötzlich geschockt an. Laut las er vor: »Warum dauert es so lange? Schreib mir, in welchem Gebäude du bist. Wegen des Geldes mach dir keinen Kopf. Ich werde alles vorbereiten. Hoffentlich hast du es dir nicht anders überlegt. Ich freue mich auf unsere gemeinsame Zukunft.«

Ich schluckte schwer.

»Du hast komplett den Verstand verloren, oder?«

Plötzlich griff er eine der hinteren Taschen seiner Jeans und holt eine Waffe hervor.

»Ich werde dich töten, Ela. Verstehst du?«

Panik machte sich breit. Ich zitterte am ganzen Körper.

»Mehmet, bitte, bitte, bitte … «

Die Todesangst überrollte mich wie ein Tsunami.

Er kam mit langsamen Schritten näher und richtete seine Waffe gegen meinen Kopf.

Ich wich zurück, presste meinen Körper gegen eine Küchenwand und fing an, bitterlich zu weinen.

»Bitte töte mich nicht, bitte. Ich bitte dich, Mehmet.« Ich hob meine Hände, als wollte ich beten und mich gleichzeitig schützen. Erneut flehte ich. Unvermittelt spürte ich einen Schlag auf meiner Stirn, schrie vor Schmerz und dachte, er hätte abgedrückt, aber er schlug mit voller Härte mit der Waffe gegen meinen Kopf. Das Blut floss – über meine Stirn, meinen Nasenknochen und meine Lippen –, bevor es den Boden berührte.

»Soll ich dir ein Geheimnis verraten?« Er atmete laut.

»Ich habe das schon mal erlebt, das alles hier.«

Ich schaute ihn voller Angst an.

»Ja, ich war schon mal verheiratet, und sie trieb genau dasselbe Spiel mit mir, tat nicht das, was ich ihr sagte, musste rebellieren.«

Er schluckte, und es sah so aus, als würde es ihm schwerfallen, darüber zu reden. »Also musste ich sie daran erinnern, wer der Mann im Haus ist. Die Narbe auf meinem Gesicht stammt nicht von einer Schlägerei, sondern von ihr. Sie griff mich mit einem Messer an. Ich musste mich wehren.« Er lachte wieder.

»Sie dachte wirklich, sie könne mich besiegen.«

Ich versuchte, zu verstehen, was er mir sagen wollte.

»Sie kniete genauso vor mir nieder wie du und flehte mich an. Aber keine Gnade vor Huren, vor solchen Frauen wie euch. Frauen haben zu gehorchen. Und du hast nicht gehorcht. Somit wirst du dasselbe erleben müssen wie sie.«

»Nein!«, schrie ich.

Er griff nach meinem Arm.

»Geh auf die Knie«, sagte er wütend.

Er zog mich nach oben. Ich versuchte, mich zu wehren. Wieder wurde die Waffe auf meinen Kopf gerichtet, sodass ich zusammenzuckte, gehorchte.

Ich sah keinen Ausweg, wusste nicht, was ich tun sollte.

»Bitte, Mehmet! Bitte …« Es war schrecklich, furchtbar. Meiner Stimme war meine Verzweiflung anzuhören. Dann wurde mir plötzlich schlecht, und ich musste mich übergeben. Er schaute mich voller Ekel an.

»So tief bist du gesunken, Ela, du wunderschöne Frau, du. So tief.« Erneut drückte er die Waffe an meinen Kopf, so fest, dass es wehtat.

»Du dreckige Hure, mach deine Augen zu.«

Ich wusste, dass dies jetzt mein Ende war. Also kniff ich sie so fest zu, wie ich nur konnte.

Tränen verließen meine Augen. Ich dachte an Noah.

Plötzlich klingelte es an der Tür.

Ich fing an zu schreien, so laut ich nur konnte. Er drückt mit seiner Hand auf meinen Mund und erstickte meinen Versuch, Hilfe herbeizurufen.

»Ein weiterer Laut, und ich knall dich ab«, zischte er wütend.

Wieder klingelte es. Er blieb ruhig. Dann meldete sich mein Handy.

Er schaute auf das Display, sagte nichts, drehte sich weg.

Ich kann dir nicht sagen, warum und weshalb, aber in dieser Sekunde wusste ich: Jetzt oder nie. Ich stand auf und stieß ihn zur Seite. Er verlor die Balance und fiel hin. Schnell rannte ich in Richtung Tür, und wie in Trance sah ich im Flur meine Tasche, griff nach ihr, öffnete die Haustür und floh ...

Kapitel 18

Was ist ein Plot-Twist?

4 Tage später ... Freitag 14:00 Uhr

Wir saßen in der Küche unserer Airbnb-Wohnung und frühstückten. Noah war schweigsam. Ich spürte, dass ihn etwas quälte. Er war wütend auf sich selbst, weil er mich nicht hatte beschützen können.

Unzählige Anrufe hatte ich erhalten, nachdem ich mich bei meinen Eltern mit einer neuen Nummer gemeldet hatte – von meiner Mutter, meinem Vater, Dilara und Elif. Ich schrieb ihnen, sie sollten sich keine Sorgen machen. Ich sei in Sicherheit und würde mich melden, sobald ich die Möglichkeit habe. Sie teilten mir mit, dass Mehmet verschwunden sei. Wahrscheinlich war er zurück in die Türkei geflogen, jedenfalls war er nicht mehr auffindbar.

Ich wollte aber nicht über ihn sprechen, er war mir egal. Jetzt zählten nur noch Noah und ich.

Letzterer ließ mich soeben wissen, er müsse nur noch bei der Arbeit vorbeischauen, um die Schlüssel abzugeben. Unser Flug nach Kroatien würde am gleichen Abend um 23 Uhr starten.

»Ich muss heute in die Moschee«, sagte ich.

»Das finde ich nicht gut, Ela. Wer weiß, wer dich da sieht? Lass uns in Kroatien gemeinsam in die Moschee gehen.«

Er küsste mich auf die Wange, während er sich daran machte, den Tisch abzuräumen.

Diese Antwort rührte mich und hinderte mich zugleich daran, ihm zu sagen, dass ich trotzdem in die Moschee gehen musste. Dieser Schritt schien mir dringend notwendig zu sein.

Ich musste für unseren gemeinsamen Weg beten, denn ohne Allah wäre das Glück nicht lange auf unserer Seite.

Kurz nachdem er die Wohnung verlassen hatte, machte ich mich auf den Weg.

Industriegelände, irgendwo in Berlin, Freitag 14:20 Uhr

Im Warteraum saß auf einer schwarzen Couch ein Mann namens Konrad Schneider

mit seinem Kollegen Johannes Richter. Ersterer hatte sich besonders sorgfältig hergerichtet: schwarzer Anzug, schwarze Krawatte und weißes Hemd. Vor ihnen auf dem Couchtisch standen eine Wasserflasche und zwei Gläser. Frisch gemacht für den Auftritt, zog er an seiner E-Zigarette und las aufmerksam in der Zeitung. Schließlich ließ er das Klatschblatt sinken und schaute auf seine Uhr. Noch 30 Minuten bis zum Auftritt. Es würde ein historischer Tag für Deutschland werden. Für alle Unterstützer. Was passieren würde, wussten bislang nur wenige Menschen, aber bald wären seine Anhängerschaft und ganz Deutschland im Bilde.

Er griff nach seiner Tasche, die neben ihm lag und holte eine Aktennotiz hervor. Im Kopf ging er seine Rede noch einmal durch.

»11,5 Prozent der hier lebenden Menschen sind nicht deutscher Herkunft. Die Kriminalstatistik zeigt, dass Ausländer mehr Straftaten begehen als Deutsche. Gewalt von Zuwanderern gegen Deutsche nimmt immer mehr zu. Deutsche werden deutlich häufiger Opfer einer Straftat, die von einem Zuwanderer verübt wurde als umgekehrt. Dies geht aus dem gleichzeitig mit der Polizeilichen Kriminalstatistik veröffentlichen Lagebild zur Kriminalität im Kontext von Zuwanderung des Bundeskriminalamtes hervor. Ausländer wollen sich nicht integrieren, sprechen zu Hause kaum Deutsch, und die deutsche Kultur sowie die hiesigen Werte wollen sie auch nicht annehmen. Der Islam ist für Deutschland eine echte Bedrohung geworden. Es gibt fast keinen Tag mehr, an dem nicht irgendein Muslim eine Frau vergewaltigt, jemanden ermordet oder sonst eine Straftat begeht.«

Die Tür zum Wartezimmer öffnete sich. Das riss Konrad aus seinen Gedanken. Eine junge Frau mit Headset am Ohr und einem Block in der Hand stand vor der Tür.

Konrads Anblick ließ sie nervös werden.

Sie hatte sich einen rechten Politiker und Chef einer rechtsextremistischen Terrororganisation ganz anders vorgestellt, zum Beispiel mit einem schlecht sitzenden Anzug.

Sie sah aber einen gut gebauten Körper, der circa 1,85 Meter groß war, braunes Haar und unglaublich schöne, aber irgendwie auch angsteinflößende Augen.

Das Bild seines Kollegen hingegen passte perfekt zu einem Rechtsradikalen. Sein Gesicht strahlte Ausländerfeindlichkeit sehr intensiv aus. Er machte einen schlecht gelaunten, fast schon wütenden Eindruck. Zu einem hellblauen Anzug an trug er ein schwarzes Hemd und Lackschuhe – ein Outfit, das für sie hinten und vorne nicht passte. Sein Schnurrbart ließ ihn wie einen dicken Adolf Hitler aussehen. Mit belegter Stimme sagte sie:

»In 10 Minuten geht es los, Herr Schneider ... Ähm, Ich würde Sie bitten, schon mal mitzukommen.«

Der Auftritt, 14:30 Uhr

Konrad stand jetzt am Rednerpult.

Als er seine Hand erhob, um die Gruppe zu begrüßen, klatschten alle.

Es saßen um die 25 Personen an dem großen Tisch.

Mit einer Handbewegung signalisierte er, dass er anfangen wollte, zu reden. Die Gruppe wartete voller Spannung auf seine Worte.

Er räusperte sich:

»Ich bedanke mich bei allen, die gekommen sind.

Dies ist heute ein besonderer Tag.«

Er schaute nochmal in die Runde.

»Wir wurden ausgelacht und viele von uns als Nazis beleidigt, obwohl wir nichts anderes als die Wahrheit sagen.« Er legte eine kurze Pause ein. Die Menge nutzte sie, um zu klatschen. Fast alle konnten nachempfinden, was Konrad damit meinte.

Er gab dem Publikum Zeit, den Applaus zu beenden und fuhr fort.

»Wir mussten die letzten Jahre, Monate, Wochen und Tage unsere Familien und Freunde vernachlässigen für diesen einen Traum, den wir alle gemeinsam haben.« Konrad stoppte und musste schlucken, als ob es ihn schmerzte, die folgenden Sätze aussprechen zu müssen.

Sein Blick wurde düster und ernst.

»Wir haben uns aber niemals unterkriegen lassen.

Jeden Tag hören wir von kriminellen Muslimen. Sogar vor Mord machen sie nicht Halt! Wie lange wollen wir uns das noch gefallen lassen?

Keiner traut sich mehr, seine Meinung offen zu sagen. Alle fürchten die Reaktion der Gesellschaft.«

Und jetzt kam der große Augenblick. Konrad suchte bewusst Blickkontakt zu jedem seiner Anhänger.

»Sie sagen, der Islam gehöre zu Deutschland.

Sie sagen, wir müssten jeden Flüchtling aufnehmen.

Was aber hat uns der Islam gebracht?

Nichts außer Terror, Vergewaltiger und Mörder.«

Die Menge klatsche.

»Wir sind hier, weil wir keine arabischen Großfamilien mehr sehen wollen. Wir sind hier, weil wir unsere Kinder mit Deutschen sehen wollen. Wenn wir in die Busse steigen, wenn wir in U-Bahnen treten, sehen wir überall diese Kopftücher, diese Burka-Trägerinnen, diese Muslime, die sich zu schade sind, Deutsch zu lernen. Die Medien tun so, als ob es normal wäre. Die Presse lügt nur noch…

Einer der Zuhörer unterbrach ihn. »Lügenpresse!« Andere stimmten ein.

Konrad beruhigte sie mit einem Handzeichen.

»Diese Muslims wollen und werden sich niemals integrieren.

Wenn wir weiterhin nur zu allem Ja sagen, wird Deutschland untergehen. Schützen wir unsere Kinder vor Muslimen!«

Das Publikum klatschte frenetisch.

Als die Menge wieder aufmerksam zuhörte, leuchteten seine Augen.

»Heute wird etwas Besonderes passieren. Aber bevor ich darauf eingehe, muss ich jemanden vorstellen.

Dieser junge Mann hat es geschafft, sich als Muslim auszugeben und eine Moschee zu infiltrieren. Sein Name ist Noah Larus.«

Noah stand sichtlich nervös auf.

»Er hat es geschafft, Informationen zu sammeln. Wir haben uns fast jeden Abend in einem Supermarkt mit ihm getroffen. Er hat uns erzählt, was sie vorhaben. Könnt ihr euch das vorstellen? Sie wollen in mehreren Städten Infostände aufbauen, obwohl es verboten ist, und Korane verteilen.«

Noah schluckte schwer.

Die Gruppe sah erschrocken aus.

Konrad fuhr fort.

»In dieser Sekunde sind zwei von uns auf dem Weg in diese Moschee. Sie werden ein großes Zeichen setzen, ein Zeichen, das Deutschland aufwecken wird, das deutlich machen wird, dass wir uns gegen die Islamisierung wehren können. Heute wird ein Blutbad verübt werden, wie es noch nie in einer Moschee in Deutschland aufgetreten ist.

Noah schaute geschockt zu ihm.

»Was?«

»Du wirst schon sehen. In knapp einer halben Stunde wird etwas Großartiges passieren. Wir werden diese verdammte Moschee in die Luft jagen.« Einige schauten sich überrascht an. Andere spendeten laut Beifall.

»Natürlich hätten wir es euch gerne gesagt, aber es musste geheim gehalten werden.«

Das Blut schoss Noah in den Kopf, sein Herz schien zu explodieren. Nein, so hatte er sich das nicht vorgestellt. Ela hatte ihm geschrieben, dass sie doch zur Moschee gegangen sei.

Er stürmte aus dem Raum. »Hey, wo will er hin?«, rief Konrad. Ein Türsteher stellte sich vor ihn. Er griff einen kleinen Revolver aus seiner Socke und richtete ihn gegen diesen. Erschrocken ließ er ihn durch.

In Panik nahm er sein Handy und rief Ela an. Niemand hob ab.

Er rannte schneller, erreichte seinen Wagen, schwang sich hinein und raste mit quietschenden Reifen in Richtung Moschee.

In der Moschee, 14:50 Uhr

Die Menschen, die in der Moschee ihr Gebet verrichteten, hörten plötzlich eine laute Explosion. Der Raum füllte sich mit Rauch. Sie schreckten auf. Aus dem Nichts wurde geschossen. Maschinengewehrsalven durchsiebten einige Männer und Frauen, die sich am Eingang aufhielten.

Es herrschte pures Chaos. Kinder und Mütter, die in Panik aus der Moschee rannten, trampelten über am Boden liegende Verletzte und Tote hinweg. Einige versteckten sich in den hinteren Räumen, so auch Ela. Sie hatte es nicht hinaus geschafft, da sie einen der Attentäter am Eingang gesehen hatte und zurückgelaufen war. Panisch hatte sie sich unter einem Tisch in der Küche versteckt.

Blut färbte den Boden, beißender Rauch erschwerte das Sehen, und überall waren gequälte Schreie zu hören.

Polizisten und Rettungswagen trafen ein, umzingelten die Moschee.

Noah erreichte das Gebäude.

Adrenalin pulsierte durch seine Adern.

Er rannte los, wurde aber aufgehalten. Schreiend versuchte er deutlich zu machen, dass seine Freundin, sich in den Räumen befand. Sie drohten, ihn zu verhaften, wenn er sich nicht beruhigen würde.

Eine Spezialeinheit bereitete sich darauf vor, zu stürmen. Einer der Männer hieß Frank. Schwerbewaffnet liefen er und fünf weitere in die Moschee, als weitere Schüsse zu hören waren. Vorsichtig sah er sich um. Überall lagen Verletzte auf dem Boden.

Wieder hörte er eine Reihe von Schüssen. Einer kam aus einem Zimmer.

Einer der Spezialisten bewegte sich langsam dorthin. Derweil schaute er sich weiter um. Eine auf dem Boden liegende Person fragte er:

»Wie viele sind es?«

»Zwei«, sagte der Verletzte mit schmerzverzerrter Stimme.

»Halten Sie durch.«

Erneut waren Schüsse zu vernehmen.

»Wir haben einen erwischt«, kam es aus seinem Headset.

»Es sind womöglich zwei«, antwortete er.

»Er ist in die Küche gelaufen. Hier links«, sagte der Mann, der am Boden lag.

Sofort machte Frank sich auf den Weg. Patronenhülsen rollten ihm vor die Füße. Er lief mit gezücktem Gewehr weiter, während ihm das Herz bis zum Hals schlug. Solche Situationen hatte er schon tausendmal geübt. Somit wusste er, wie er konzertiert bleiben konnte.

Als er vor einer Tür stand, fielen drei Schüsse. Er versteckte sich hinter einer Mauer, die vier anderen Männer dicht hinter ihm.

Er gab ihnen ein Zeichen, zu warten.

Frank wusste, dass der Schütze sich in diesem Raum befand.

Die Tür öffnete sich.

Ein junger Mann kam heraus.

Eine neue Hitzewelle durchströmte Frank. Er war entschlossen, den Jungen mit Kugeln zu durchsieben, wenn es sein musste.

Der Mann hob seine Pistole und schrie laut » Heil Hitler!«

Von mehreren Kugeln getroffen, sackte er kurz darauf auf den Boden.

Vorsichtig betrat Frank die Küche und versuchte herauszufinden, ob sich noch einer der Attentäter dort befand.

Eine Frau lag mit dem Gesicht nach unten auf dem Boden, Blut breitete sich unter ihrem Bauch aus.

Frank ging zu ihr und berührte sie sanft am Nacken.

»Hey, hörst du mich? Nicht einschlafen.«

Sie bewegte sich nicht mehr.

KAPITEL 19

Was bedeutet der Tod für dich?

Gerichtsakte Nummer 45567, Beweismittel 5 / Video mit Ton / identifiziert als Noah Larus / Video wird erstmals im Gericht vorgespielt. Ein Jahr nach seinem Tod.

Prozess gegen 58 Personen, darunter Politiker, Beamte, Anwälte, millionenschwere Unternehmer, Personen des öffentlichen Lebens.

»Meine Eltern, waren Rechtsradikale. Aber wir Kinder konnten einfach nicht das werden, was sie waren. Deshalb zog meine Schwester mit 18 Jahren aus. Sie konnte es nicht mehr ertragen.
Ich war jahrelang sauer auf sie, weil sie mich im Stich gelassen hatte.
Ich versteckte meinen Schmerz hinter Büchern, zweifelte an mir selber.
Vielleicht hatten meine Eltern Recht. Vielleicht sollte ich ihren Weg gehen.
Doch ich lernte Ela kennen. Sie zeigte mir, dass ich nicht falsch lag, dass Religion und Kultur nichts mit dem zu tun hatten, was ein Mensch war, sondern die Liebe alles bestimmte.
Und so verliebte ich mich in sie.
Oh Gott, ich habe sie so sehr geliebt. Es brach mir das Herz, als sie sagte, sie könne nicht mit mir zusammen sein.

Wir telefonierten und schrieben danach noch nächtelang, aber mein Vater fand es heraus, sagte, ich sei eine Schande für unsere Kultur, dürfe mich nie wieder mit so einem Mädchen treffen. Er schlug mich. Meine Mutter beschützte mich, sagte, er solle aufhören, mich zu schlagen, drohte mehrmals, ihn zu verlassen.

Ja, auch meine Mutter wandelte sich. Sie zweifelte zunehmend an dem rechten Gedankengut, nachdem sie bei dem geheimen Treffen schreckliche Dinge gehört hatte. Immer wieder drohte sie meinem Vater, er solle aussteigen, oder sie würde alle auffliegen lassen.

Eines Tages sah ich sie tot in der Badewanne liegen.

Ich wusste, dass es kein Selbstmord gewesen war.

Mein Vater hatte mehrmals angekündigt, dass er sie vergiften würde.

Die Obduktion bestätigte meine Annahme. Man glaubte, sie habe es selbst eingenommen. Ich wusste, dass meine Mutter mich niemals im Stich lassen würde, niemals.

Aber ich wollte, konnte meinen Vater nicht verraten.

Ja, ich weiß, ich bin eine Schande. Wir zogen weg.

Irgendwann löste sich mein Vater von dieser Gruppierung und widmete sich voller Schuldgefühle dem Alkohol. Aber ich konnte sie nicht vergessen, weil ich wusste, dass sie Böses planten. Also entschloss ich mich, diese Organisation, zu vernichten. Ich meldete

mich wieder zum Dienst in ihrem Sinne, arbeitete mich hoch und wurde zu den 25 Auserwählten. Heimlich filmte ich manche Treffen, sammelte Namen, Dokumente und Pläne in einem Umschlag. Er befindet sich unter dem Bett, auf dem ich sitze. Kurz bevor ich auspacken wollte, erzählten sie mir von einem Plan, dessen Umsetzung Deutschland erschüttern werde, verrieten mir aber nichts weiter.
Dann befahlen sie mir, mich als konvertierten Muslim auszugeben, um Informationen über eine Moschee zu sammeln. Ich gab mir selbst das Versprechen, dass es das letzte Mal sein würde.
In der Moschee war nichts zu sammeln. Sie behandelten mich mit Respekt und viel Liebe. Das Einzige, was sie planten, waren Infostände in mehreren Städten – trotz der virusbedingten Auflagen – damit die Menschen sich informieren konnten. Dies musste geheim gehalten werden.
Dann traf ich Ela. Meine wunderschöne Ela. Oh Gott, es tut mir so leid!
Als ich sie wieder traf, wusste ich: Ich musste diesen Plan so schnell wie möglich beenden. Denn damit brachte ich sie und mich in Gefahr.
Ihren Tod und den aller anderen habe ich zu verantworten, weil ich zu lange gewartet, mehr auf die Liebe und meine Bedürfnisse geachtete habe. Ohne Ela ist mein Leben nichts mehr wert.

An alle Menschen in Deutschland: Ich werde euch Namen von bekannten Personen verraten, die in einer schrecklichen Vereinigung sind. Korrupte Politiker, Verbrecher.
Ich tue es, damit Deutschland endlich erkennt, dass es eine Vielzahl von Menschen gibt, die in rechtsextremen Gruppen organisiert sind. Lasst uns Deutschland vor ihnen retten.

News aktuell

»Soeben haben wir erfahren, dass es nicht 18 Opfer zu beklagen gibt, sondern 17. Eine weibliche Person, die wir vor Zwei Stunden, zu den Opfern aufgezählt haben konnte wiederbelebt werden und befindet sich im Koma. Wie wir von ihren Verwandten erfahren haben, handelt es sich womöglich um eine Ela Yilmaz.«

Bisher von Keff Vidala erschienen

Romane

„Bis die Liebe uns findet Teil 1-3“ Auf wahrer Begebenheit

„Until love finds us: Based on a true story“ Englische Version

„Ask Bizi Bulana Kadar: Gerçek bir hayat hikayesinden“
Türkische Version

Ratgeber

„5 Räume- Die Reise zu dir selbst“

„6 Räume des Lebens“ Ab Sommer 2021

Printed in Poland
by Amazon Fulfillment
Poland Sp. z o.o., Wrocław

64314220R00122